Unidas

Sarah Crossan

Unidas

Tradução de ALEXANDRE BOIDE

Texto de acordo com a nova ortografia.
Título original: *One*

Este livro foi publicado com o apoio da Literature Ireland.

Tradução: Alexandre Boide
Adaptação da capa: Carla Born
Preparação: Marianne Scholze
Revisão: L&PM Editores

CIP-Brasil. Catalogação na publicação
Sindicato Nacional dos Editores de Livros, RJ.

C958u

Crossan, Sarah, 1981-
    Unidas / Sarah Crossan; tradução Alexandre Boide. – 1. ed. – Porto Alegre, RS: L&PM, 2018.
    288 p. ; 21 cm.

    Tradução de: *One*
    ISBN 978-85-254-3725-9

    1. Ficção infantojuvenil irlandesa. I. Boide, Alexandre. II. Título.

18-47308   CDD: 028.5
                   CDU: 087.5

Copyright © Sarah Crossan, 2015
Os direitos morais da autora foram assegurados.

Todos os direitos desta edição reservados a L&PM Editores
Rua Comendador Coruja, 314, loja 9 – Floresta – 90220-180
Porto Alegre – RS – Brasil / Fone: 51.3225.5777

Pedidos & Depto. Comercial: vendas@lpm.com.br
Fale conosco: info@lpm.com.br
www.lpm.com.br

Impresso no Brasil
Outono de 2018

Para Ben Fox (1988-2014)
– a viagem continua

Agosto

Irmãs

Aqui
     Estamos.

E estamos vivas.

Não é incrível?

Conseguimos
viver
afinal.

O fim do verão

O ar do verão começa a ficar mais fresco.
A tinta escura da noite chega cada vez mais cedo.
E do nada
a mamãe anuncia que Tippi e eu
não vamos mais estudar em casa.
"Em setembro
vocês vão começar o ensino médio
e vão à escola
como todo mundo", ela avisa.

E eu não esboço qualquer
                              reação.

Eu escuto
e concordo

e puxo um fio solto na camisa
até um botão

cair.

Mas Tippi não fica em silêncio.

Ela explode:

"Está falando *sério*?
Vocês *piraram*?", ela grita
e continua discutindo com a mamãe e o papai por horas.

Eu escuto
e concordo
e mordo a pele em torno das unhas
até começar a

sangrar.

Por fim, a mamãe esfrega as têmporas e abre o jogo.
"As doações estão ficando escassas
e não temos mais como educar vocês em casa.
Vocês sabem que seu pai ainda está desempregado
e que a pensão da vovó
não cobre nem a conta da TV a cabo."

"Sustentar vocês não é barato", acrescenta o papai,
como se todo o dinheiro gasto conosco
– as despesas com o hospital e as roupas especiais –
pudesse ser economizado se nós duas
apenas
nos comportássemos melhor.

Na verdade,
Tippi e eu não somos o que se pode chamar de normais –

o tipo de gente que se vê todo dia
ou em *qualquer* dia,
aliás.

As pessoas que têm alguma educação
nos chamam de "xifópagas",
mas já fomos rotuladas de outras coisas também:
aberrações, bestas-feras,
monstrengas, mutantes,
e até demônio de duas cabeças uma vez,
o que me fez chorar tanto
que fiquei com os olhos inchados por uma semana.

Mas não há como negar que somos diferentes.

Somos literalmente grudadas
       pelo quadril –
          unidas pelos ossos e pelo sangue.

E
  é por isso
que
nunca fomos à escola.

Durante anos fizemos experimentos de química
na mesa da cozinha
e educação física no quintal.

Mas agora
não tem como escapar;
nós *precisamos ir* à escola.

Não que vá ser em uma escola pública
como nossa irmã Dragon,
onde os alunos puxam facas para os professores
e cheiram cola no café da manhã.

Não, não, não.

A prefeitura não vai mais bancar nossa educação em casa, mas
pode pagar
por uma vaga
em um colégio particular
– a Escola Secundária Hornbeacon –
e a Hornbeacon aceitou que essa única vaga
fosse ocupada por nós duas.

Acho que devíamos nos considerar sortudas.

Mas sorte não é uma palavra que
eu usaria
para
falar de nós.

Todo mundo

Dragon está esparramada na ponta da cama de casal
que divido com Tippi,
com os pés machucados apontados para cima
enquanto pinta as unhas com esmalte azul metálico.
"Sei lá,
vocês podem até gostar", ela diz.
"Nem *todo mundo* é babaca."
Tippi pega o esmalte, começa a pintar minha mão direita e
sopra meus dedos
até secar.

"Pois é, você tem razão,
nem todo mundo é babaca",
responde Tippi.
"Mas, perto *da gente*,
 todos acabam virando."

Uma aberração como nós

O nome verdadeiro de Dragon é Nicola,
mas Tippi e eu o mudamos
quando nossa irmã tinha dois anos
e era feroz como se soltasse fogo pelas ventas,
batendo os pés no chão do apartamento e
mastigando giz de cera e trenzinhos de brinquedo.

Agora ela tem catorze anos e faz balé
e não anda mais batendo os pés –
ela flutua.

Para sorte dela, é totalmente normal.

Mas

Às vezes eu me pergunto se ser nossa irmã
 não tem um lado ruim

se ser nossa irmã
não a torna uma aberração
também.

Ischiopagus tripus

Apesar de os cientistas terem criado formas de
classificar os gêmeos xifópagos,
cada um dos pares que nasceu no mundo
é único –
os detalhes sobre nossos corpos permanecem um mistério
e só quem pode revelar somos nós.

E as pessoas *sempre* querem saber.

Querem saber exatamente o que compartilhamos
        lá embaixo,
e às vezes nós contamos.

Não que seja da conta delas,
mas para acabar com as especulações – são as
especulações
sobre nossos corpos que mais incomodam.

Portanto:
Tippi e eu somos da variedade ischiopagus tripus.
        Temos
duas cabeças,
dois corações,
dois pares de pulmões e rins.
Temos quatro braços também,
e um par de pernas funcionais
agora que a perna vestigial foi
        cortada
        como o rabo de um cachorro de raça.

Nossos intestinos começam
    separados
      e então se fundem.

E daí para baixo nós somos
    uma.

Para quem ouve deve parecer uma sentença de prisão,
mas nosso caso é melhor
do que o daqueles com cabeças ou corações fundidos,
ou dos que só têm dois braços no total.

Na verdade, não é tão ruim.

É como as coisas sempre foram.

A única realidade que conhecemos.

E, sinceramente,
    em geral somos
    bem felizes
    juntas.

Comprando leite

"O leite acabou", avisa a vovó,
balançando uma caixa vazia e mostrando
a caneca cheia de café fumegante.

"Bom, então vá comprar", responde Tippi.

Vovó franze o nariz e cutuca Tippi nas costas.
"Você sabe que eu tenho um problema no quadril", ela diz,
e eu caio na risada;
Vovó é a
única pessoa no planeta que usa
o pretexto de problemas físicos
conosco.

Então Tippi e eu nos arrastamos até ao mercado da esquina
a dois quarteirões de casa,
e é assim que nós andamos para todo lugar:
com muito custo
        sincronizando passo a
            passo,
com meu braço esquerdo enlaçando a cintura de Tippi,
e o direito segurando a muleta –
com Tippi fazendo o mesmo, só que ao contrário.

Quando chegamos ao mercado estamos ambas
ofegantes
e nenhuma de nós quer carregar o leite para casa.
"Ela pode comprar suas próprias coisas no futuro",
   comenta Tippi,
parando
por
um momento e
apoiando-se em uma grade enferrujada.

Uma mulher passa empurrando um carrinho,
com a boca
aberta como uma caverna.
Tippi abre um sorriso e diz: "Olá!".
Depois dá uma risadinha
quando a mulher com um corpo perfeitamente formado
quase vai ao chão de surpresa.

Picasso

Dragon espalha as mil peças do quebra-cabeça
sobre
a mesa da cozinha.

A fotografia na caixa promete transformar a bagunça
em uma
pintura de Picasso
      – "*Amizades*" –
um arranjo surreal de
      membros
e linhas,
      de blocos sólidos de
      amarelo,
      marrom, e
      azul.

"Eu gosto de Picasso", digo.
"Ele pinta a essência das coisas
e não o que o olho consegue ver."

Tippi bufa. "Parece uma coisa impossível."

Dragon vira as peças
      para cima.

"Quanto mais difícil, melhor", ela nos diz.
"Caso contrário, qual a graça?"

Tippi e eu nos acomodamos ao lado dela
em uma
    cadeira extragrande

enquanto
papai
      desce
      do quarto dele
com os olhos vermelhos e cheirando mal.

Ele nos observa
enquanto tentamos montar a moldura da imagem do
   quebra-cabeça
         – as bordas
         e os cantos –
e então estende a mão por cima do ombro de Dragon
e põe na palma da mão dela
a peça do canto superior direito.

Ele se senta à mesa em frente a nós
e silenciosamente vai colocando as peças que procuramos
enfileiradas.

"Ótimo trabalho em equipe", comento,
sorrindo para papai.

Ele me olha e dá uma piscadinha.
"Aprendi com as melhores", ele diz,
e se levanta da mesa para ir até a
geladeira pegar uma
cerveja.

O lançamento

Mamãe e papai preparam Tippi e eu
para nosso primeiro dia na escola
como se estivessem
         lançando astronautas
                  para o espaço.

Todos os dias ficam repletos de compromissos.

Eles marcam consultas na
terapia, no médico e no dentista.
Então vovó arruma nossos cabelos
e faz nossas unhas
para que estejamos prontas para nossa
                Grande Aparição Pública.

"Vai ser *fantástico*!", diz mamãe,
fingindo que não estamos sendo
arremessadas em meio aos leões
sem arma alguma,
e papai abre um sorriso
         torto.

Dragon, que vai entrar no primeiro ano do ensino médio,
revira os olhos
e puxa os punhos do cardigã.
"Ah, qual é, mãe,
não adianta fingir que vai ser fácil."

"Bom, se não gostar eu não vou mais", avisa Tippi,

e Dragon diz:
"Eu não gosto da escola. *Posso* ficar em casa?".

Vovó está vendo um programa de debates na TV.
"Por que alguém não gostaria da escola?", ela grita.
"É a melhor época da vida, meninas.
Vocês vão conhecer seus namoradinhos por lá."

Papai vira a cara,
Dragon fica vermelha,
e mamãe não diz nada
porque
todos sabem
que encontrar o amor é
uma coisa
que nunca vai
        acontecer
        conosco.

Terapia

"Me diga o que está acontecendo",
pede a dra. Murphy,
e como
acontece tantas vezes fico sentada em silêncio
por dez minutos inteiros,
olhando para um botão no sofá de couro marrom.

Conheço a dra. Murphy
há dezesseis anos e meio, minha vida toda,
o que é bastante tempo para conhecer alguém

e ainda ter que pensar em alguma coisa nova para dizer.
Mas os médicos insistem que devemos fazer terapia
para manter nossa saúde mental,
como se fosse esse o nosso verdadeiro problema.

Tippi está de fone de ouvido, ouvindo música
alta
para não escutar o que estou dizendo,
então posso
despejar todos os meus sentimentos reprimidos
no caderninho da dra. Murphy
sem magoar os de Tippi.

E eu costumava resmungar um bocado,
quando tinha sete ou oito anos
e Tippi pegava minha boneca
ou puxava meu cabelo
ou comia a minha metade de um doce.

Mas agora não tenho muito a dizer
que Tippi já não saiba,
e essa conversa parece
desperdício de um dinheiro que não temos
e de cinquenta minutos que poderiam ser mais bem
   aproveitados.

Eu bocejo.

"E então?",
pergunta a dra. Murphy,
com a testa franzida
como se meus problemas fossem dela também.
A empatia, obviamente,
faz parte do serviço.

Eu dou de ombros.

"Vamos começar a ir à escola", digo.

"Sim, ouvi dizer.
E como está se sentindo a respeito?", ela pergunta.

"Não sei direito."
Olho para a luminária,
para uma teia de aranha intacta e a aranha que devora
uma mosca maior do que ela mesma.

Cruzo as mãos sobre o nosso colo.
"Bom...", eu digo,
"Acho que estou com medo de que os outros alunos
    sintam pena
de mim."

A dra. Murphy assente.
Não me diz que
não vão fazer isso
nem
que vai ser fantástico
porque mentir não faz seu estilo.
Em vez disso, responde: "Eu vou querer saber
como foram as coisas, Grace",
e olhando para o relógio na parede
diz com um sorriso:
        "Até a próxima!".

Tippi fala

Vamos para a porta ao lado
no consultório da dra. Netherhall,
onde é minha vez de pôr os fones
e a vez de Tippi contar tudo.

O que
eu acho
que ela faz de fato.

Ela fala depressa,
com uma expressão séria,
com uma voz
às vezes alta o suficiente para que eu ouça
        alguma
palavra
ou outra.
Aumento a música
para encobrir a voz dela
e então observo
quando
ela
cruza o pé sobre o meu,
descruza,
afasta os cabelos do rosto,
tosse,
morde o lábio,
se remexe na cadeira,
coça o braço,
esfrega o nariz,
olha para o teto,
olha para a porta,

falando
o tempo todo
até
finalmente bater no meu joelho
e fazer com a boca a palavra
"Pronto".

O exame clínico

Mamãe nos leva até o especialista
no hospital infantil
de Rhode Island
para nosso exame de rotina trimestral,
para garantir que nossos órgãos não estão ameaçando
parar de funcionar.
E hoje,
como em todas as vezes,
o dr. Derrick aparece com seus
estudantes de medicina
de olhos arregalados
e pergunta se não nos importamos que
eles acompanhem o exame.

Nós nos importamos.

Claro que sim.

Mas o estetoscópio e o jaleco do dr. Derrick
não dão espaço para contestação
então encolhemos os ombros
e nos deixamos

olhar
por uma dúzia de futuros médicos
com bocas contorcidas
e olhos estreitos,
que
     se inclinam para a frente
     discretamente
     na ponta dos pés,
quando levantamos nossas blusas.
No final estamos vermelhas de vergonha
e morrendo de vontade de
               ir embora.

"Elas estão bem?", mamãe pergunta, cheia de expectativa
quando voltamos ao consultório do dr. Derrick.
Ele dá um tapinha na
mesa.
"Tudo em ordem,
pelo que pude ver",
ele responde.
"Mas, como sempre,
elas precisam tomar cuidado,
principalmente agora que vão
para a escola.
Certo?"
Ele aponta o dedo para nós com um jeito brincalhão.
"Certo", respondemos,
sem intenção alguma
de mudar nada
no jeito como vivemos.

Gripe

Dois dias depois de nossa visita ao
dr. Derrick
ela nos derruba
de cama
        sem aviso prévio.

Começo a tremer e bater os dentes
        e me enfio sob as cobertas
            com dois comprimidos brancos de paracetamol
a cada quatro horas
na esperança
de espantar o frio.

Tippi está deitada ao meu lado,
estremecendo,
espirrando, tossindo,
e prestes a acabar com
a segunda caixa de lenços de papel.

Nossos lençóis estão ensopados de suor.

Mamãe traz uma bebida
fumegante
e tenta nos fazer
comer uma torrada.

Mas estamos doentes demais
para qualquer coisa.

Não consigo evitar

Não consigo evitar os tremores,
e, apesar de Tippi parecer melhor,
ela precisa ficar na cama também.

Enquanto eu me
        recupero da gripe.

Preocupação

Mamãe liga para o dr. Derrick
e passa para ele
        uma lista
        dos nossos
        sintomas.

Ele não parece preocupado
por enquanto.
Diz que ela precisa nos manter hidratadas
e em repouso por mais alguns dias.

Diz que ela precisa ficar de olho em nós.

Mas isso mamãe nunca para de fazer.

Ela está sempre preocupada.
        E como não estaria
        se tão poucos de nós conseguem chegar à
        idade adulta?

Quanto mais velhas ficamos
　　mais ela se aflige.

　　　À medida que o tempo passa
　　　as chances de nós
　　　　　　de repente
　　　deixarmos de
　　　existir
　　　se tornam
　　　bem
　　　grandes.

É um fato
que
sempre
vai
ser assim.

Eu me levanto

Eu não quero.
Minhas pernas estão bambas.
Minha garganta está seca.
E meu coração parece estar batendo
com esforço dobrado
só para
me tirar da cama
e me levar até o banheiro.
"Tem certeza de que não quer ficar deitada?",
Tippi pergunta.

Faço que não com a cabeça.
Não posso deixá-la confinada na cama
só porque não estou me
sentindo bem.
Faço que não com a cabeça
                         e aguento firme.

Setembro

Quase

A porta da frente se abre e se fecha,
e a voz do papai grita:
"Olá? Alguém em casa?".

Estamos quase terminando de montar o quebra-cabeça,
então não respondemos.
Não levantamos nem os olhos.
Só o que queremos é dar sentido a esse Picasso,
essas massas de cores.

"Trouxe presentes!", revela papai,
entrando na cozinha e
colocando duas sacolas bem
em cima
do quebra-cabeça.

Nós respiramos fundo.

Papai remexe nas coisas.

Ele saca duas caixas e
entrega para
Tippi e para mim.

Solto um suspiro de susto.

Celulares –
novinhos,
ainda embrulhados no plástico.

"Ai, meu Deus", digo.
"Isso é sério?"

Papai sorri.
"Vocês vão precisar, para a escola amanhã.
São bem modernos
e novinhos.
Para minhas meninas."

"Pensei que estivéssemos sem dinheiro",
comenta Tippi.

Papai ignora e entrega uma caixa ainda maior
para Dragon.
"E para você", ele diz.

Dragon olha dentro da caixa,
        pisca
e tira de lá uma sapatilha de balé
de cetim rosa.

Ela a vira para ver a sola.

"São bonitas", ela diz.

"Mas são pequenas demais."

O ventilador no canto da cozinha range.
Papai a encara fixamente.

"Elas são pequenas demais
para mim", diz Dragon.

Papai suspira.
"Eu não acerto uma, não é?", ele diz.

Ele pega a caixa da mão de Dragon,
joga de volta na sacola,
e empurra tudo
de cima da mesa
derrubando junto todas as peças
do Picasso.

A verdade é o que acontece

Tippi,
ainda sonolenta,
bebe a caneca de café e
olha para os ovos mexidos
como se pudesse ler seu futuro naqueles
grumos
          amarelos e brancos.

Não
costumo
apressá-la,
mas não podemos nos atrasar,
não no primeiro dia de escola,
então começo a limpar a garganta
      – *rã-ham, rã-ham* –
na esperança de que isso a desperte do devaneio
o suficiente
para terminar logo os ovos.

Em vez disso, é como jogar
água fria em uma
panela de óleo quente.

Tippi afasta o prato.
"Sabia que eu mereço um
maldito troféu
por todas as vezes que *você* me deixou esperando
durante todos esses anos?"

Então murmuro:
"Desculpa, Tippi",
porque não posso mentir e fingir que
limpei a garganta
sem motivo algum.

Não com ela.

Verdade:
É isso o que acontece
quando as pessoas são unidas como nós
por um corpo teimoso demais
para se separar na concepção.

Uniforme

Ao contrário da escola de Dragon,
onde os alunos podem se vestir como quiserem,
a Hornbeacon exige que todos usem
uniformes –
camisa branca lisa, gravata verde,
saia xadrez
        com pregas na frente.

A ideia
é fazer com que todo mundo pareça igual.
Eu sei disso.
Mas não importa a roupa que usamos.
Nós sempre vamos
            nos destacar,
e tentar parecer igual a todo mundo é uma idiotice.

"Ainda dá tempo de pular fora", diz Tippi.

"Mas nós concordamos em ir", respondo,
e Tippi estala a língua.

"Fui forçada a concordar.
Você acha que eu queria *isso*?", ela questiona.
Tippi segura a gravata enrolada no pescoço,
puxa para cima
e aperta o nó.

Pego a saia e ponho a perna.
Tippi não demonstra resistência,
mas ajeita melhor a roupa.

"Estou me sentindo tão feia", comenta Tippi.

Ela passa os dedos pelos meus cabelos e
        os separa em três mechas grossas
            que começa a trançar e destrançar.

"Você não é feia.
É igualzinha a mim", digo com uma risadinha
e aperto a mão dela
com força.

O que é a feiura?

Estive no hospital muitas vezes, então presenciei muitos horrores:
uma criança com metade do rosto queimado,
uma mulher com o nariz arrancado e as orelhas penduradas
        como fatias de bacon.

Isso é o que as pessoas chamam de coisas feias.

Eu não.

Aprendi a ser muito menos cruel com esse tipo de coisa.

Mas sei o que Tippi quer dizer.

As pessoas nos consideram grotescas,
principalmente à distância,
quando podem nos ver por inteiro,
notando que nossos corpos a princípio são dois
        e então se fundem,
        de repente,
        na cintura.

Mas, vendo uma fotografia nossa, da cabeça e dos ombros apenas,
se você mostrar para todo mundo,
a única coisa que as pessoas vão notar é que somos gêmeas,
        que meus cabelos vão até os ombros,
que Tippi é um pouco mais baixa,

que nós duas temos o nariz arrebitado
e sobrancelhas com uma curvatura perfeita.

É verdade que nós somos diferentes.

Mas feias?

Qual é.

Dá um tempo.

Conselho de Dragon

Sendo bem sincera,
a escola provavelmente vai ser o pior lugar que vocês vão
conhecer na vida.
Sério mesmo.
O ensino fundamental é ruim
mas ouvi dizer que o médio é o inferno.
Os alunos são cruéis, e os professores amargurados.
De verdade.
Escutem só,
o que quer que aconteça, não se envolvam com os primeiros
que
tentarem fazer amizade
com vocês
porque é bem provável que ninguém goste deles.
É suicídio social na certa.
E, no refeitório, mantenham distância dos tipinhos
esportistas.
Estou falando sério.

E sei que pode parecer estranho, mas, se precisarem fazer cocô,
esperem até chegar em casa.
Os banheiros servem para fumar e passar maquiagem.
E só.
Entendido?
Com certeza vocês vão
ficar bem.

Mamãe

"Hora de ir", avisa mamãe.
Ela pega a chave do carro e
    sai para o corredor.

Os cabelos dela estão molhados.
Manchas de água aparecem nos
    ombros da camisa.

Mamãe não seca mais os cabelos,
nem faz escova.
A única coisa que faz pela própria aparência
é passar um pouco de batom na boca
    às vezes.

Ela não era assim tão sem graça.

Costumava ter tempo para se arrumar,
mas isso foi antes de a faculdade do papai
precisar cortar gastos e demiti-lo,
antes de mamãe precisar fazer hora extra no banco.

Não me lembro quando foi a última vez que a vi
folhear uma revista
ou sentar-se para ver alguma coisa na TV.

Não me lembro de ver mamãe parada por mais
de um instante.

A vida dela agora é
trabalho,
trabalho,
trabalho.

Então, apesar das mãos suadas e do
nó no estômago,
e mesmo com a falta de vontade tanto
minha como de Tippi de ir à escola,
nós vamos.

Nós vamos,
e sem
reclamar.

Escola Secundária Hornbeacon

O prédio é branco
com trepadeiras crescendo entre as rachaduras da fachada,
janelas pequenas
e riscadas.

Os alunos estão na maior parte
se abraçando e gritando,
se divertindo com seus reencontros felizes.

Mas eu
observo os que
estão sozinhos,
à margem da barulheira,
os que estão agarrados à própria mochila,
olhando para baixo,

para aprender
a imitar sua
invisibilidade.

Entre os lobos

"Vocês não vão ser jogadas aos lobos",
diz a sra. James, a diretora,
e apresenta Yasmeen –
a aluna que vai ser nossa guia,
"e amiga...
        por um tempo", informa a sra. James.

Mamãe e papai parecem aliviados,
como se aquela menina com cabelos rosa choque
e corte chanel
com bracinhos finos
pudesse nos proteger mais que uma mariposa.

"Minha nossa!
Vocês são *incríveis!*", diz Yasmeen,
sem parecer enojada,
o que é, penso eu,
uma boa forma de começar o dia.

E o que ela disse
	é verdade

É *mesmo* incrível que tenhamos sobrevivido
	fora do útero.

É incrível que não tenhamos morrido
	no nascimento.
É incrível que tenhamos conseguido viver
	dezesseis anos.

Mas eu não quero ser incrível.
Não aqui.

Quero ser tediosa como todo mundo,
mas não digo isso para Yasmeen.
Eu sorrio para Tippi e digo: "Obrigada",
e nós seguimos nossa pequena
defensora de cabelos cor-de-rosa pelo corredor
até a sala de aula.

Olhos

Tippi não suporta palhaços
Dragon morre de medo de baratas
e mamãe de ratos.
Papai finge não ter medo de nada,
mas eu já o vi fazer uma careta quando a correspondência
	chega,
já o vi esconder
contas do hospital e multas de trânsito debaixo

de pilhas de panfletos e jornais velhos
no corredor.

Eu?
São os olhos que não aguento.
Olhos,
       olhos,
              olhos
                      por toda parte,
e a possibilidade de que eu seja
um pesadelo para outra pessoa.

Então Yasmeen abre a porta da sala de aula
e todas as cabeças
se viram
        lentamente,
e eu seguro o punho direito de Tippi
como sempre faço quando
estou com medo.

"Bem-vindas! Bem-vindas à Hornbeacon!", a professora
diz,
fazendo de tudo para manter a naturalidade.

Yasmeen solta um grunhido e nos conduz até umas carteiras no fundo.
E em todo o trajeto até lá deixamos
uma trilha de bocas abertas,
trinta pares de olhos arregalados,
e um pânico
cem por cento puro.

Na sala de aula

A sra. Jones
lê as regras da escola,
distribui os números dos armários
e entrega os horários personalizados.
Yasmeen pega o nosso
antes que Tippi eu tenhamos
a chance de dar uma olhada.
Ela passa o
dedo
pelas
colunas
       e pelas fileiras
"Estamos juntas em quase todas as matérias.
Legal", ela comenta
e me dá um tapinha
nas costas
como se me
conhecesse
há anos.

Talvez mais que isso

Apesar do cabelo extravagante
e dos ossos fininhos
Yasmeen não é delicada nem frágil.

Ela xinga todo mundo que nos lança
um olhar atravessado

e ameaça
quebrar os dedos de um garoto
que dá uma risadinha quando nos vê.

Yasmeen não tem um séquito
como as meninas mais bonitas,
aquelas de cabelos loiros e peitos empinados e
cinturinhas finas,
mas mesmo assim
ninguém se mete com ela.

Ela parece ter só um amigo,
que talvez seja mais que isso,
um garoto chamado Jon,
que se apresenta na aula de artes
estendendo a mão e
olhando para Tippi e eu
uma de cada vez
como se fôssemos de fato
duas pessoas.

Aula de artes

"Nossa, que saco estar de volta aqui", comenta Jon,
bocejando e esmagando um pedaço de argila cinza
com um rolo de massa até deixá-lo bem
      fininho.
Seus olhos são castanhos e tranquilos.
Os cabelos são raspados tão rentes
que parecem até os de um soldado.
Suas mãos são salpicadas de pequenas tatuagens –

estrelas que parecem piscar quando ele move
os dedos
sobre a argila.

"Pelo menos você vai poder me ver todos os dias",
Yasmeen diz com uma voz suave
esticando e apertando seu pedaço de argila
        até virar uma espécie de pote torto.

"Eu sou Tippi. Ela é Grace", Tippi diz a Jon,
falando por nós duas.

Mas
eu quero falar
        por mim mesma.

Quero que Jon ouça minha voz,
apesar de ser idêntica à da minha irmã.

E quero os olhos dele concentrados em mim
como estão em Tippi:
imóveis
e sem o menor
vestígio de horror.

No período livre

No pátio coberto
as pessoas se aglomeram
como se fôssemos

o almoço
e elas
   animais famintos querendo ser alimentados.

Pescoços compridos
  – espichados e estendidos –
   se esforçam para ver melhor.

Não que estejamos apresentando
um número de cancã peladas.
Só o que estamos fazendo
é nos apoiando nas muletas.

Mas isso basta.

Só a nossa existência já deixa todos em polvorosa.

Os espectadores são meninas com
cabelos lisos,
garotos com os colarinhos
   para cima,
com unhas limpas e bem cortadas,
um grupo que parece tirado de uma cena
de um catálogo da Abercrombie & Fitch –
todo mundo bem arrumado e alinhadíssimo.

Ninguém fala nada
quando
Tippi diz como nos chamamos
e de onde viemos.
Todo mundo olha para nós
fixamente
como se estivessem se perguntando
se somos de verdade.

Yasmeen resolve dispersar a multidão.
"Já chega!", ela grita
e nos leva até uns bancos de plástico perto da saída de incêndio.

Jon comenta: "Acho que os olhares
deixam de incomodar depois de um tempo".

"*Você* deixaria de se incomodar?", pergunta Tippi.
Eu engulo em seco.

Yasmeen dá uma risadinha.

Jon pensa um pouco a respeito.
"Não", ele responde.
"Eu ficaria muito
puto."

Francês

Não escuto quando a madame Bayard explica como
nossas notas vão ser calculadas ao longo do semestre.
Ignoro sua explicação bem-humorada
de como fazer nosso próprio *chocolatine*.
E nem me dou ao trabalho de copiar a
lição de casa
porque
Jon está à minha direita,
onde Tippi não
está,
e me fazendo tantas perguntas que

me sinto como se estivesse em um programa de entrevistas,
sentada em uma daquelas poltronas estilosas,
e não em um tribunal,
que é como as pessoas fazem com que eu me sinta
quando começam a me questionar.

"Cada uma tem seu próprio passaporte?", ele pergunta.
    "Sim", respondo.
    "Mas não que a gente use para alguma coisa."

"E você nunca sente vontade de dar um soco na cara da sua irmã?"
    "Geralmente não."

"E por que começaram a vir à escola só agora?
E por que aqui?"
    "Não tivemos escolha."

"Ah, sim. Eu sei como é, Grace.
Com certeza."

Ele morde a ponta do lápis
e batuca com os dedos
na mesa.

"Sem escolha…
Eu entendo.
Se não estivesse aqui
eu estaria em um trem bem lento
para lugar nenhum."

O refeitório

Quando entramos no refeitório
Yasmeen e Jon
ficam nos cercando,
    um na frente
outro atrás,
para não ficarem
    olhando
    para nós.

Mamãe, papai, Dragon e vovó
fazem isso há anos,
nos
escondem
o melhor que podem
do ridículo
e das câmeras dos celulares,
porque não existe nada pior
que um clique-clique-clique
e a sensação de que em segundos
vamos virar atração
no perfil de alguém nas redes sociais.

Pedimos pedaços de pizza,
uma Sprite com dois canudos
e nos sentamos
    em uma mesa de canto
    com Yasmeen e Jon,
conversando por cima de
outras vozes e do tilintar dos talheres,
e não sobre nossa vida
    – a logística do xixi conjunto –

(apesar de eu achar que o dia todo giraria em torno disso)
mas sobre filmes
e músicas
e livros
e cerveja
e o novo ano letivo
e as ilhas gregas
e os recifes de corais
e nossos cereais prediletos
e Satanás.

São conversas divertidas e banais
e quando toca o sinal
começo a me perguntar –
será que
arrumamos
       dois amigos?

Onde?

Temos primos
que nos toleram
e uma irmã com quem saímos às vezes.

Mas amigos?

Onde nós conseguiríamos fazer amizades?

Contato físico

Tippi e eu estamos de pé diante dos armários
guardando nossos livros
quando uma menina gordinha da nossa sala
para ao nosso lado,
olhando para o chão.

"Estamos atrapalhando?", Tippi pergunta.

A menina fica pálida.
"Não. Meu armário é do lado do seu.
Mas fique à vontade", ela murmura.

"Tem espaço de sobra", diz Tippi,
inclinando-se para mais perto de mim.

A menina sacode a cabeça
e dá um passo para trás.

Ah.

Ela está com medo de chegar perto.
Está com medo de que, se puser a mão dentro do armário
para guardar um livro,
pode fazer sem querer
contato físico conosco.

O convite

"Vocês estão planejando ir pra sala de estudos?",
pergunta Yasmeen.

Encolhemos os ombros simultaneamente.
Não sabemos nem o que é a sala de estudos.

"Legal", continua Yasmeen.
"Vamos deixar isso pra outra hora e ir até a Igreja."

"Igreja?", pergunta Tippi.
"Acho que não.
Isso não é muito a nossa."

Jon sorri.
"Vocês podem pelo menos tentar.
De repente podem ser convertidas."

Batismo

Quando tínhamos quatro meses de idade,
mamãe nos levou ao vigário,
que engoliu em seco quando nos viu
e disse:
"Eu…
       hã…
              preciso
              consultar as autoridades eclesiásticas sobre
              poder ou não batizar as duas
              separadamente".

Mamãe nunca mais pôs os pés
em uma igreja de novo.

E nem nós.

Até hoje.

A Igreja é uma bela ruína

É só um monte de pedras empilhadas
      como as crianças fazem com blocos de montar
      com um sino enorme abandonado
      embaixo do que um dia foi
      uma torre.

Para chegar lá atravessamos pelos fundos
do laboratório de ciências
por caminhos tortuosos passando por
uma floresta
de moscas e arbustos.

A Igreja fica ao lado de
um laguinho repleto de plantas aquáticas,
o tipo de lugar onde imagino que
se escondem as fadas,
ou os assassinos em série,
mas Yasmeen logo diz:
"Não se preocupem,
não vamos ser assassinados.
A gente já vem aqui há anos
e ninguém nem sabe."

"Vamos só fumar um cigarrinho
e morrer de doença mesmo", diz Jon
e
dá uma tragada com tanta vontade
no cigarro que parece até que estava
inalando ouro.

E logo em seguida os dois começam a baforar fumaça
como dois fumantes profissionais.

Yasmeen solta a fumaça para o céu
e me passa o cigarro.

Faço que não com a cabeça, mas, quando vejo,
Tippi está com o bastão cancerígeno incandescente
entre os dedos e
inalando grandes lufadas
de tabaco e alcatrão.

Ela para
e tosse
tanto que acho que vai acabar vomitando.

Yasmeen dá risada.

Jon coça a cabeça.

E eu dou um tapinha de leve nas costas
da minha irmã,
mas na verdade minha vontade é deixá-la
morrer engasgada.

Café e cigarros

Eu sou do tipo que gosta de chá de hortelã.
Tippi bebe café preto como carvão.
Toma umas cinco canecas por dia
– não sem ouvir minhas objeções –
e a cafeína que percorre seu corpo
a deixa como se estivesse ligada na tomada
        – e eu também,
        por tabela.

Tudo começou com um café com leite para ajudá-la a
    despertar
de manhã.
Depois veio um na hora do almoço
e um no meio da tarde
e quando foi ver
Tippi estava viciada nessa coisa.

Então, apesar
de saber que é
só um
cigarro,
e que
um cigarro
não mata ninguém,

eu também sei bem como Tippi é.

Talvez

"Como foi o dia de vocês?",
a sra. James quer saber
quando passamos
pela sala dela.
"Acham que vão ser felizes
na Hornbeacon?"

"Felizes?",
pergunta Tippi,
com a cabeça
        inclinada para o lado,
        como se
nunca tivesse ouvido aquela palavra
e precisasse de
tradução.

"Felizes",
repete a sra. James,
fazendo gestos exagerados com as mãos.
"Gostaram daqui?
Vão querer ficar?"

Tippi olha para mim,
e eu abro um sorriso.
"Talvez", ela responde
e repete:
"Talvez."

A espera

Por um bom tempo
depois de os outros alunos
irem embora,
por um bom tempo depois de Yasmeen se despedir
e combinar de
nos encontrar no pátio coberto
amanhã de manhã,
nós esperamos.

Já são mais de quatro horas quando
o carro do papai aparece,

        subindo na calçada e
        freando de repente.

        Saímos de nosso esconderijo entre
        algumas árvores,
mas não é o papai que está ao volante.

Graças a Deus.

Ele está largado no banco do passageiro,
com o rosto quase da cor de uma beterraba.

Vovó está dirigindo.

"Ele está bêbado, não é?", Tippi comenta
quando nos acomodamos no banco de trás.

"Apagado!", responde vovó.
Ela cutuca papai

com as unhas postiças
e liga o limpador do para-brisa
apesar de não estar chovendo.
"Ele não conseguiu o emprego
da entrevista de
ontem", ela conta,
como se isso fosse explicação,
como se papai merecesse nossa compaixão,
como se ultimamente ele precisasse de pretextos
para encher a cara.

Tippi e eu estamos ansiosas,
desesperadas para contar a alguém
sobre nosso primeiro dia,
que não foi perfeito, mas
ninguém nos chamou de filhas do demo,
nem perguntou quantas vaginas temos.

Mas ficamos em silêncio no banco de trás
porque se papai acordar
vamos ter que ouvir
as lamúrias
dele.

E ninguém,

ninguém mesmo,

quer
isso.

Outros motivos

Vovó põe o papai na cama,
liga a TV
e se acomoda para o restante da noite,
para encarar uma maratona de
programas gravados.

Dragon está no quarto
de malha e sapatilha
se olhando no espelho de corpo inteiro.
Ela mergulha e emerge,
seu corpo é como uma fonte.

"Ele está sempre chapado", ela comenta,
parando para beber
um gole d'água.

Está mesmo.

É verdade.

Mas não podemos fazer nada
além de tentarmos nos comportar bem
e torcer para que isso o mantenha feliz
e sóbrio –
o que nunca acontece.

"Então…", diz Dragon.
"Como foi?"

"Foi ótimo", respondo
por fim.

Tippi e eu
nos sentamos na cama de Dragon,
apesar de saber que deveríamos
estar começando a fazer o jantar.

"Nós vamos continuar, com certeza", diz Tippi,
e eu confirmo com a cabeça.

Jon volta
       à minha mente –
seus olhos castanhos e suas mãos estreladas.

Afasto meus pensamentos
desse garoto que acabei de conhecer,
que mal sei quem é
porque
ele não pode ser o motivo por que gostei de Hornbeacon.

Preciso de outros motivos.

Preciso de outros motivos,
ou vou enlouquecer
de desejo.

Ninguém comenta

Comemos batatas assadas no jantar,
cascas crocantes com recheio macio
que fizemos com manteiga, queijo gratinado e atum.

Mamãe pergunta sobre a escola, mas
não está tão interessada como esperávamos –
                    ou desejávamos.

Ela come devagar e
olha para as pequenas bolhas que sobem à superfície
no copo de água com gás
enquanto papai está na cama,
impregnando o lençol com seu mau cheiro,
dormindo sob o efeito do uísque.

Ninguém comenta sobre a batata
que está esfriando no forno.

Ninguém comenta sobre o fedor de vômito
que vem do corredor.

Mantemos a voz baixa,
a boca cheia,
e a esperança de que amanhã seja
diferente.

Egoísmo

"Precisamos conversar sobre a Igreja", aviso
quando Tippi e eu nos deitamos
        lado a lado
        na cama.

"Você está incomodada com o cigarro.
Minha nossa, Grace."

Ela suspira
e por um momento
me sinto
muito mais
nova que ela.

"Acho que precisávamos ter discutido isso antes",
    argumento,
sem precisar lembrá-la
de que
        este maldito corpo
        nunca se separou como deveria
        e que, se ela morrer,
        eu morro junto.

"Desculpa", ela diz.
    "Então, posso fumar?"

Viro a cabeça
    e me afasto dela
o máximo que posso.

Na verdade não é uma pergunta:
Quando Tippi quer alguma coisa,
    ela vai e agarra
    com as duas mãos
    e
    com um corpo que pertence
    a nós duas.

Sei que isso deveria me
irritar,
mas
só o que sinto é inveja
porque eu queria

saber
ser mais egoísta
de vez em quando
também.

Sem roupa

Passo xampu nos cabelos e
deixo o condicionador agir nas pontas secas
por alguns minutos
enquanto Tippi se lava com uma esponja
e sabonete
de lavanda.
Eu me inclino para mais longe do cheiro forte
para a espuma não respingar nos meus braços ou no meu
    rosto
e então
entro debaixo do chuveiro
com um sabonete de amêndoas
para me lavar.

"Não é estranho vocês se verem sem roupa?",
nossa prima de doze anos,
Helen, perguntou
no ano passado
no jantar de Ação de Graças,
o que fez vovó
engasgar com o purê.

Tippi e eu demos de ombros
e sacudimos a cabeça

enquanto todos esperavam a resposta,
mas fingindo que não.
Tippi falou:
"Quando você compartilha tudo na vida,
ver os peitos da sua irmã
na verdade nem parece
nada de mais".

A primeira queda

Estamos apressadas para nos arrumarmos,
    escovando os dentes,
        eu com a mão direita,
Tippi com a esquerda,
com os braços livres enlaçando a cintura uma da outra
como anzóis.

E de repente o espelho
desaparece e
Tippi também.

Quando acordo

Estou no chão do banheiro ouvindo o som de
gritos,
com Tippi me sacudindo de volta à vida.

Ela suspira
quando pisco
e me abraça.
"Estou bem",
consigo dizer
quando
ouço passos pesados sobre o piso de madeira
do corredor.

Dragon aparece na porta
com um pincel de maquiagem na mão,
que começa a balançar como uma varinha de condão,
gritando:
"Que diabos foi que aconteceu?"

"Eu escorreguei", murmuro.

"Ah, é?", questiona Dragon,
com as mãos na cintura,
parecendo a mamãe.

"Sim", eu minto, "escorreguei",
e me segurando na pia
tiro o meu corpo e de Tippi do chão frio
e bege
do banheiro.

Dragon está franzindo a testa.

"Ela escorregou", confirma Tippi.

À procura de Dragon

Dragon toma banho de perfume doce
e começou a usar batom.
"Você arrumou um namorado, né?",
pergunto,
provocando,
      questionando,
           torcendo.

"Mais ou menos", diz Dragon.

Tippi para de passar requeijão na torrada
e lança para Dragon um olhar
atravessado.
"Tudo bem se não quiser apresentar para nós."

Dragon está amarrando um lenço de seda em torno do
pescoço.
Ela faz uma pausa.
"Não é o que você está pensando."

Tippi dá uma risadinha de deboche.
"Tudo bem, sério mesmo.
Nós entendemos.
Nós sabemos o que somos."

Todas as feições do rosto de Dragon se contorcem
simultaneamente.
"Pois é, eu também sei quem *vocês* são.
Mas e eu, quem sou, além da irmã de vocês?
Podem me dizer?"

Ela amarra o lenço
e espera.

Nós ficamos olhando para ela.

"Pois é, foi o que eu imaginei", ela diz
e sai pisando duro,
batendo todas as portas
que encontra pelo caminho.

Realidade

Tem um bilhete preso com durex no armário de Tippi:
    Por que vocês não
    voltam para o zoológico???

Yasmeen pega o papel,
amassa
em uma bola
e joga
para o outro lado do corredor.
"Imbecis!", ela grita.
    "Os animais são *vocês*!"

Alunos com livros nos braços
se encolhem junto aos armários e uns aos outros.
Eles observam
com olhos arregalados
    e boquiabertos,
aproveitando o pretexto para nos encarar sem culpa.

Eu sabia que era pedir demais
que todos nos aceitassem –
ou que ao menos nos deixassem
        em paz.
Ontem foi uma exceção, e hoje
a realidade se instalou.

Yasmeen diz:
"Estão com medo de vocês,
assim como têm medo de mim.
Somos diferentes,
e isso não é bom."

Tippi detém nosso passo e estreita os olhos.
"Por que eles têm medo de você?",
ela pergunta a Yasmeen,
com um tom de voz um tanto desafiador.

Yasmeen se vira para nós.
"Eu tenho HIV", ela responde na maior
e
prende algumas mechas de cabelo atrás das orelhas
cheias de brincos.
"Eu tenho cheiro de morte,
de baixa expectativa de vida. Assim como vocês,
eu acho."

"Pois é", respondemos em uníssono
e nos encaminhamos para a aula de geometria para resolver
problemas bem menos complicados
do que os nossos.

Geometria

"Mas como é que eles sabem?",
Tippi pergunta
a Yasmeen.
Era para estarmos corrigindo
as respostas umas das outras,
conversando sobre as equações que
erramos.
O professor, sr. Barnes,
não está mais na sala.
Ele saiu
depois de passar essas instruções e não voltou mais.

"*Eu* contei.
Achei que não fosse fazer diferença", responde Yasmeen.
"Mas o problema é que
não é uma doença como o câncer.
No caso do HIV,
as pessoas acham que é tudo culpa sua,
não é?
Bom,
eu me recuso a me justificar
e explicar
como peguei o vírus.
Dane-se isso
e
danem-se eles.

Como?

Yasmeen ainda não fez
as perguntas
que a maioria despeja sobre nós
logo depois de nos conhecer:
Não dava para separar vocês?
      e
Vocês não querem nem tentar?

O que as pessoas realmente querem dizer é que
fariam
de tudo
para não viver como nós,
e que procurar uma forma de parecer
normal
compensaria
qualquer risco.

Então, apesar da minha vontade de perguntar
a Yasmeen *como, como, como*
foi que
ela contraiu o HIV,
eu não vou fazer isso.

Vestígios dele

"Desgraçados", comenta Jon
quando ouve falar sobre o bilhete
no armário.

Tippi coça debaixo do braço
e faz *uh-uh-uh*
como um macaco
e nós damos risada,
fazendo a crueldade da mensagem
se diluir
      um pouco.

Deveríamos estar na sala de estudos,
mas estamos na Igreja
comendo um pacote de pistaches salgados
e bebendo uma garrafa de sidra.

Estreito os olhos para Tippi
quando ela dá um gole direto
do gargalo
e cruzo os braços
sobre o peito para mostrar meu descontentamento.

O cheiro de bebida
me faz lembrar do papai, instável e irritadiço,
e não quero nem pensar
nisso.

Mas então Jon dá um gole
e passa a bebida para mim.

Não consigo resistir.

Levo a boca da garrafa aos lábios
      e sinto o gosto dos vestígios dele,
o mais perto que já cheguei de um beijo.
Bebo até
      minha cabeça flutuar

enquanto todo mundo
        solta baforadas de fumaça
para o alto.

Em seguida começamos a imitar animais,
miando, cacarejando e fazendo *uh-uh-uh*,
transformando a Igreja em
nosso zoológico particular.

"Sério mesmo, esse bilhete foi muito idiota", diz Jon.
Ele pega a garrafa das minhas mãos
e bebe os últimos goles.

Dou de ombros, tentando fazer parecer que
        não me importei.

"Ódio é melhor que pena", respondo,
mexendo nas pontas
dos cabelos
e desejando que Jon
mantenha
seu olhar sem qualquer sinal de pena
sobre mim.

Injustiça

Dragon larga a bolsa de balé no corredor
e se joga no sofá.

"Não sabia que você fazia aula na quinta-feira",
comento,

baixando o livro que estou lendo.
Tippi ergue os olhos e tira o som da TV.

"Estou dando aula para os pequenos
para pagar pelas minhas",
explica Dragon. "Eu não contei para vocês?"

"Não", Tippi e eu respondemos ao mesmo tempo.
"Nós não sabíamos."

Olhamos para a tela silenciosa,
para a boca dos personagens
      se abrindo e fechando,
sem saber o que dizem.

Mamãe aparece na sala de estar.
"Tem ravióli no fogão, Dragon", ela avisa.

"Você sabia que Dragon estava trabalhando?", questiona
    Tippi.

Mamãe confirma. "Não tem mal nenhum em saber se virar,
não é?"

"E quanto a nós? Precisamos trabalhar também?",
pergunta Tippi.

"Não é a mesma coisa", mamãe rebate.
"Não vamos transformar isso em uma discussão sobre
direitos iguais."
Ela pega o controle remoto, e as risadas da TV
      tomam conta da sala.

Mas mamãe não entendeu:
Tippi não está brava porque nós não podemos trabalhar;

está brava porque nossa irmã mais nova
precisa fazer isso.

Troca de roupa

No calor do vestiário durante o período livre,
nós nos trocamos mais cedo para a educação física para não
fazer isso na frente das outras meninas.

Não que nós duas participemos da aula
como o restante da classe –
fazemos o alongamento inicial
e a caminhada de relaxamento.
Ficamos
        sentadas
durante o futebol.

Yasmeen finge estar digitando no celular
e não olha quando nós
desabotoamos
as camisas.

Estamos sentadas de sutiã
respirando fundo
quando a porta
        se abre
e a menina mais bonita da escola,
Veronica Lou,
aparece,
animada como um labrador,
com seus cabelos pretos reluzentes

revoando atrás de si.
Ela olha para nós e se detém,
erguendo a mochila
como
um escudo e dizendo:
"Pensei que o sinal tivesse tocado".

Yasmeen estala a língua.
"A próxima aula só começa daqui a cinco minutos,
   Ronnie", ela
responde,
e Veronica acena com a cabeça
rapidamente,
      furiosamente,
saindo às pressas do vestiário
como se tivesse visto um monstro.

Sobremesa

Vovó está atrasada,
então vamos tomar sorvete,
com Jon e Yasmeen andando logo atrás de nós.

Aqui não é como Nova York,
ou até Hoboken,
onde as pessoas estão acostumadas a ver gente esquisita:
o cara que anda de bicicleta
vestido de Batman,
a dançarina do ventre obesa
na esquina da Park com a Seis,
ou nós,
as gêmeas grudadas

que andam cambaleando
sobre muletas
agarradas uma à outra.

Em Montclair somos uma novidade
inesperada.

Mesmo assim,
tentamos concentrar
        nossas mãos
        na porta de vidro do freezer,
        e nossos olhos
        no arco-íris de sabores de sorvete.

Escolho iogurte com baunilha.
Tippi quer um de coco
com gotas de chocolate.

Tippi e eu compartilhamos muitas coisas
– o jantar sempre –,
mas quase nunca,
ou nunca mesmo,
a sobremesa.

A pior coisa

Quando dou a última colherada no meu sorvete de iogurte,
ouço alguém dizer:
"Ter uma gêmea siamesa deve ser
A Pior.
Coisa.
do Mundo."

E ninguém ri,
porque não é piada.
É um comentário feito para parecer muito triste e
muito verdadeiro.

Mas
Eu consigo pensar em
        centenas de coisas
piores do que
viver grudada a Tippi,
do que viver neste corpo
e ser quem
eu sempre fui.

Posso pensar em milhares de coisas piores.

Milhões.

Se alguém me perguntasse.

Tragédia

Eu detestaria ter câncer.
Eu detestaria ter que me conectar a
uma máquina toda semana
para que pudessem injetar veneno em mim
na esperança de salvar minha vida.

Nosso tio Calvin morreu de ataque cardíaco aos
trinta e nove anos,
deixando três filhos e a esposa grávida.

A irmã de vovó se afogou em um barril
com pêssegos podres e água parada
na fazenda em que elas viviam
quando eram meninas.

No noticiário tem histórias
de abuso infantil, epidemias de fome, genocídio, secas,
e eu nunca sequer pensei
que gostaria de
trocar a minha vida pela dessas pessoas
assoladas pela tragédia.

Porque ter uma irmã gêmea
como Tippi não
é
A Pior
Coisa
do Mundo.

De novo

Papai chega em casa de outra entrevista
e não abre a boca.

Fica sentado com a vovó vendo
Law and Order
e bebendo cerveja quente.

Depois de três garrafas sai pela porta
e só volta horas depois,
todo vermelho e exaltado.

"Alguém me faça um sanduíche",
ele ordena,
apoiado ao balcão da cozinha.

Dragon larga a lição de casa
e se levanta em um pulo
para fazer.

"De presunto?", ela oferece.

Papai a ignora e vai se sentar no sofá.

Ele dorme antes mesmo
de ela passar a manteiga no pão.

Só para mim

A dra. Murphy quer saber como foi a escola,
então conto sobre nossa primeira semana.
Falo sobre as meninas bonitas
da minha classe,
os professores preguiçosos,
e os cabelos cor-de-rosa de Yasmeen.

Mas não falo nada sobre Jon.

Guardo Jon só para mim.

Sangue

Tippi e eu estamos ensinando a vovó como
marcar a si mesma em fotos na internet
quando o sangue desce.
Vamos correndo para o banheiro
e
abro um sorriso ao ver a mancha cor de ferrugem,
como sempre faço quando isso acontece,
quando tenho uma prova
de que sou uma garota de verdade.

Dragon está no quarto dela
        treinando abertura de pernas.
"Tem absorvente?", pergunta Tippi.

Dragon
        se levanta de um pulo
e pega um pacote cheio de absorventes no armário.
"Podem ficar", ela diz
e os joga para nós.

Tippi pega o pacote.
"Você não vai precisar?"

"Acho que não", admite Dragon.

Olho para o local do corpo de Dragon onde um bebê
estaria
se fosse o caso,
mas não é isso.

"Algum problema?", pergunto.

Dragon joga os cabelos sobre os ombros.
"Vocês também não são reguladas.
Deve ser uma coisa de família."

Mas também
não é
isso.

O que é possível

"A concepção é possível", o dr. Derrick falou
três anos atrás
quando menstruamos pela primeira vez.
"Mas carregar um feto por toda a gestação
em um útero compartilhado
certamente acabaria
matando vocês
ou
o bebê."

Essa é a opinião profissional dele.

Por outro lado,
ele disse à mamãe
que não chegaríamos ao nosso segundo aniversário.

Mas
aqui estamos nós.

Sexy

"Eu gosto do jeito como você fala 'esquilo'", comenta Jon,
aos risos.

"E como eu falo?", pergunto.

Estamos no pátio coberto,
ao lado de uma janela aberta.
Tippi e Yasmeen estão
vendo um vídeo no YouTube com os piores insultos de
Simon Cowell
e sem dúvida
prestando atenção total.

Jon arranca o canudinho da caixa de suco
e traga como se fosse um cigarro,
soltando a fumaça imaginária
pela janela.
"Sei lá.
Do jeito que você fala, parece que é com *e*.
"Esquilo", ele diz.

"Mas é com *e*", respondo.
"Es-qui-lo. Es-qui-lo.
Com certeza, é com *e*."

"Não.
É com *i*.
E não um só, mas vários, uma palavra bem sexy.
Esquilo."

Ele pronuncia do seu jeito,
isquiiilo,

e é a minha vez de dar risada.
"Você conseguiu *mesmo* fazer
parecer
uma palavra sexy.
Eu admito."

Ele chupa a ponta do canudo de plástico outra vez.
"Não é difícil.
Tipo, se você usar a boca toda pra falar,
a língua, os dentes e os lábios,
a *maioria* das palavras fica sexy.
Principalmente a palavra *sexy*.
Se-xy", ele diz, bem devagar.
E repete:
"Se-xy.
Tenta você.
Usa a boca toda".

Ele não dá risada.
Está olhando para mim.

"Se-xy", murmuro.

"Se-xy", ele repete.
"Pois é."

Aula de direção

A instrutora gagueja enquanto explica
como funciona o carro
– que pedal faz o que e o que significam os

mostradores –,
mas, quando levanto a mão para acionar a ignição,
ela segura meu pulso.
"E-e-eu sinceramente acho que não vai dar certo.
Como vocês vão conseguir coordenar os pés
a tempo de evitar uma b-b-batida?
Não entendo isso."

Esse é o problema.

As pessoas não entendem
nossa sincronia,
a conexão silenciosa
      que existe entre nós.

"Todo mundo sabe que
noventa por cento da comunicação
é não verbal", argumenta Tippi
e
enquanto a instrutora pensa a respeito
eu ligo o motor.

No trem

Estamos cansadas de depender de caronas
para ir e voltar da escola todos os dias,
por isso vamos de trem para casa
com Jon
e fingimos que não ouvimos os cochichos ao redor
como um ninho de vespas zumbindo.

"Aposto que nem com as celebridades é desse jeito", Jon comenta.
"Nem imagino como deve ser
pra vocês."

"É bem *assim*", diz Tippi
e aponta para
uma mulher do outro lado do corredor com um celular
erguido na nossa direção como se fosse uma arma.

"Quer que eu fale alguma coisa?",
ele oferece.

"Não", me apresso em responder
porque
não quero um escândalo
e
definitivamente não quero
precisar ser salva por Jon.

O telefonema

"Consegui o emprego desta vez", diz papai.
"Com certeza."

Ele põe a caixa de pizza
sobre a mesa da cozinha
junto com a sacola com os
refrigerantes
e pelo menos uma vez
jantamos juntos,

como uma família,
contando sobre nosso dia,
mas na maior parte do tempo ouvindo o papai,
escutando que o diretor do Foley College
na cidade
o "adorou"
e "praticamente" lhe ofereceu a vaga de professor no meio da entrevista.

Mamãe tira os pratos.

O telefone do papai toca.
"Sim. Sim. Tudo bem.
Eu entendo.
Obrigado.
Sim. Tudo bem. Sim."
Papai olha para o telefone
e o arremessa longe.
O aparelho bate na parede
e se arrebenta,
provocando uma chuva de plástico e vidro
sobre os armários da cozinha.

"Vai aparecer outro emprego, filho",
diz vovó,

e papai responde:
"Pare de me tratar como criança, mãe."

Essa é a última coisa que ele diz
pelos três dias seguintes.

Hitchcock

Três corvos pousam no quintal
e começam a ciscar no pequeno gramado.
Em seguida chega uma gralha, que
nos encara pela porta de vidro.
Tippi aponta. "Isso não é bom", ela comenta.
Tippi não é supersticiosa,
mas é fã de Alfred Hitchcock
e se contorce toda quando vê mais de um pássaro de uma vez.
Ela herdou esse vício de mamãe e papai, que
começaram a namorar
na mesma semana da abertura da temporada de Hitchcock no
Film Forum
em Nova York.
Eles se sentaram juntinhos
na última fileira
de assentos de veludo vermelho por duas semanas
e, além de se tornarem especialistas em Hitchcock,
também se apaixonaram.
Então, quando descobriram que éramos gêmeas,
foi bem fácil escolher nossos nomes
em homenagem a duas estrelas de Hitchcock,
Tippi Hedren e Grace Kelly,
que eram tão lindas que às vezes parece alguma piada
cruel.

Mas, enfim, Tippi adora Hitchcock
e já viu todos os seus filmes.
Então, enquanto escrevo sobre os poemas de Whitman
para a lição de casa,
Tippi assiste *Psicose* acompanhando com a boca as falas
 de Vera Miles

e me dizendo para não me preocupar com ela ou com a
lição,
que vai procurar alguma coisa na internet
e vai ficar tudo bem.

Preparativos para um apocalipse

Um furacão ameaça
  a Costa Leste
   e somos dispensadas mais cedo da escola.

Os boletins do tempo avisam que
a tempestade vai causar
inundações e quedas de energia,
então preparamos nosso
   apartamento no térreo
para um apocalipse.

Papai limpa o jardim da frente
  e põe tudo no corredor.
Mamãe empilha sacos de areia
  na porta do quintal
e vovó manda Dragon ao mercado
para comprar frutas enlatadas e papel higiênico,
e pede para Tippi e eu
enchermos a banheira e todas as jarras da casa
com água
por precaução.

Talvez eu devesse estar preocupada,
mas só estou decepcionada

porque devido ao mau tempo não podemos
ficar na Igreja com Yasmeen e Jon,
onde me sinto
      livre para respirar.

"Podemos ir até a beira do rio?",
Dragon pergunta
e papai responde com raiva:
"Não,
é perigoso, droga".
Talvez ele esteja tentando ser cauteloso,
mas tem um jeito horrível de demonstrar isso.

E então, sem nada mais para fazer,
ficamos na janela
com Dragon,
esperando a
      grande inundação
      e os ventos furiosos
      devorarem nossa cidade.

No escuro

Tippi está roncando
ao meu lado
enquanto o vento assobia com força do lado de fora,
e sinto vontade de me levantar para ver o que está
      acontecendo,
mas tenho medo de acordá-la
e ouvi-la reclamar
que não consegue mais pegar no sono.

Então fico deitada em silêncio
escutando
tentando imaginar como é
o furacão
e como seria poder
me levantar e olhar
pela janela do quarto
sozinha.

Palpitações

Não sei com o que sonhei,
qual era o pesadelo,
mas acordo
e me vejo
arfando,
com o coração palpitando,
com uma névoa de imagens difusas e palavras indefinidas
    na cabeça.

Tippi abre os olhos.
"Está tudo bem?", ela resmunga.

"Sim", respondo.
"Pode voltar a dormir."

A vista de Hoboken

Antes de a cidade despertar,
Tippi e eu vamos
até o Stevens Institute,
o ponto mais alto de Hoboken
com vista para Nova York,
para olhar para o outro lado do rio
e ver com nossos próprios olhos
se os prédios estavam
mesmo bem presos ao chão.

Está tudo como deveria:
O Empire State Building continua de pé
e o complexo esportivo de Chelsea Piers
já está aberto,
com golfistas lançando bolas
contra as redes de proteção que impedem
que caiam no rio Hudson
e afundem
afundem
afundem
até o leito.

"Acho que o furacão desistiu
de visitar Nova York",
comenta Tippi.
"Eu entendo.
Essa cidade fede."

Ela se vira
para descer a ladeira,
me puxando na direção

de casa
para o café da manhã.

Maçãs da tempestade

O único estrago que a tempestade causou foi
derrubar um monte de maçãs maduras
da árvore do nosso quintal.
Agora estão caídas sobre a grama
como bolas de bilhar esquecidas sobre o feltro verde.

Eu estava tentando
        derrubá-las fazia dias
– batendo com uma vassoura nos galhos
e arremessando
a bola de futebol americano do papai nas frutas maiores –,
as que ficam no alto são as maiores e mais vermelhas.

Tippi não quis me ajudar.

Ela detesta fazer tortas e sabe que é para isso que
eu quero as maçãs.

Ela bufou, bocejou e ficou falando:
"Podemos entrar agora, Grace?",
até eu desistir.

Agora todas as maçãs estão
um pouco machucadas e amassadas,
        mas para uma torta
        ainda servem.

Tippi diz:
"Você sabe que podemos comprar uma torta pronta no mercado
e poupar horas de trabalho."

Mas a questão não é essa.

Quero ouvir o corte limpo de
uma faca afiada rasgando a maçã.

Quero amassar a massa com o rolo e colocá-la
sobre a forma como se estivesse enchendo uma cesta de presentes.

Quero marcar o tempo no relógio
e ficar olhando para o forno,
ansiosa para saber como vai ficar.

"Você não pode fingir que está gostando?", pergunto,
e Tippi bufa.

"Posso *fingir*", ela diz,
o que é mentira:
seria pedir demais
que Tippi fingisse
alguma coisa,

                uma vez que fosse.

Torta

Dragon passa o dia de folga na academia de balé.
Mamãe vai trabalhar.
Vovó vai até o centro da cidade encontrar uma amiga e
papai simplesmente desaparece.

Estamos sozinhas
sem nada para fazer.

Então.

Com muita relutância
Tippi faz a massa podre
enquanto eu descasco, corto e tiro as sementes das maçãs,
e juntas fazemos uma torta
coberta de canela e açúcar muito melhor
do que qualquer uma vendida
no mercado.

Quando Tippi experimenta,
ela admite – mais ou menos:
"Está boa", ela diz,
colocando chantilly sobre seu pedaço
e batendo uma foto para postar na internet
para que todos possam ver o que fizemos
com o que a tempestade nos trouxe.

Tippi olha para o prato vazio
e então seu telefone vibra.
"Yaz curtiu a foto da torta",
ela conta.
O celular vibra de novo.
"E Jon também."

"Legal", me apresso em dizer
enquanto pego mais um pedaço,
me perguntando o que estava fazendo
quando Tippi adicionou os dois nas redes sociais.

Lindas

Jon está
         virado
         para Yasmeen
e não vê Tippi e eu
chegando ao pátio coberto
e nos acomodando
         atrás do piano
em um banquinho instável.

Estou bebendo os
últimos goles da minha vitamina com o
canudo, e o barulho
quase me impede de ouvir
o que Jon está dizendo.

Quase.

"É uma merda, porque elas são bonitas pra cacete", ele diz.
"Que desperdício."

Yasmeen ergue os olhos e fica vermelha
do pescoço
até a ponta da orelha cheia de brincos prateados,

então com certeza é de nós
que eles estão falando.

Tippi fica de pé, me arrastando com ela,
derrubando o banquinho
e gritando:
      "Desperdício?
      Nós somos um *desperdício*?"

A fúria faz nosso sangue ferver
e nosso corpo lateja de raiva.

Jon fica de pé também
e tenta segurar minha mão,
mas eu não deixo e dou uma encarada nele,
desafiando-o a repetir o que disse
ou a justificar suas palavras
com outras
tão dolorosas quanto.

"Eu não...
"Eu não quis dizer..."
A voz dele está baixa,
e seu olhar
é firme e desafiador.
"Eu só quis dizer que vocês são lindas",
ele explica.
"Só isso."

Tenho vontade de acreditar,
conversar com ele,
permitir que
fale mais,
mas Tippi

me arrasta
pelo corredor
para nos escondermos na sala de aula.

E eu odeio isso.

Odeio ter que me esconder aqui
onde normalmente me sinto
segura.

"Pensei que eles fossem diferentes,
mas são tão ignorantes
quanto todo mundo", diz Tippi.

Eu não respondo.

Só o que
ouço na minha cabeça é aquela palavra,
lindas,
e tento me segurar para não
chorar
        de alegria.

A explicação de Yasmeen

Não estávamos fofocando
estávamos comentando que ficamos contentes
por ter vocês na Hornbeacon

e não estávamos desejando que vocês fossem diferentes
estávamos só constatando o quanto vocês são gatas

qual é nós não íamos querer andar com vocês
se não achássemos vocês legais
detestamos quase todo mundo da escola mas não vocês
em se tratando de nós isso é um puta de um milagre

então parem com esse mau humor e vamos até
a Igreja fumar um cigarro.

O pedido de desculpas de Jon

Yasmeen já explicou que eu pisei na bola.

E juro que fui eu que puxei o assunto,
    não ela.

Mas peço desculpas se magoei vocês
    por um segundo sequer.

Porque eu não quis dizer nada de ruim com aquilo.

E considero vocês duas perfeitas.

Mas sei como deve ter soado.
E quero ser amigo de vocês.
Então por favor me perdoem.
E me deixem compensar a mancada.

Porque o único desperdício aqui
    é perder sua amizade.

*E
eu repito o que disse.*

Vocês são lindas.

*Vocês sabem disso,
não?*

Castigo

Tippi e eu nos isolamos na sala de aula
de todos os outros alunos
inclusive Yasmeen e Jon.

Durante os períodos livres,
mantemos distância do pátio coberto
e vagamos pela escola
à procura de um lugar para sentar
longe dos olhares curiosos.

No almoço,
evitamos o refeitório
e levamos as bandejas para o pátio,
onde comemos sentadas nos bancos
observando os esquilos
subindo e descendo
das nogueiras.

Não vamos à Igreja
na hora da sala de estudos.
Eu uso esse tempo para desenhar estrelinhas nos dedos

com uma caneta
enquanto Tippi aproveita para limpar a mochila.

Nos corredores, entre uma aula e outra, Jon tenta falar
  comigo,
me segura pelo braço e murmura pedidos de desculpas.

Yasmeen manda uma centena de mensagens de celular
  para Tippi.

Mas nós nos mantemos firmes.

Continuamos bravas com eles
até ficar bem claro que
na verdade não são eles que estão sendo castigados.

Rumo ao céu

Dragon está em uma produção amadora de *O lago dos cisnes*.

Ela faz o papel do Cisne,
vestida a princípio com
           camadas leves de tule branco
           cheia de babados como um bolo de noiva
e depois da
cabeça
aos
pés
com rendas e penas pretas.

No teatro,
nós sentamos na última fileira,
onde ninguém pode nos espiar,
e fico impressionada com os pés dela,
pelas sapatilhas pretas que os envolvem
e não parecem
nem ao menos tocar o palco.

Fico impressionada com as pernas
e os braços de Dragon
e com a maneira de como ela consegue girar
e saltar tão alto
que parece ficar suspensa no ar –
não como um dragão cuspindo fogo, mas como
uma libélula,
uma borboleta,
uma abelha.

Fico abismada e por um momento
sinto inveja
porque antes de *O lago dos cisnes*
nunca soube
que era isso que as outras pessoas
podiam fazer
caso se empenhassem em
treinar –
        nunca soube que pessoas normais
        podiam voar.

Fora dos holofotes

Depois da apresentação
           Dragon posa para fotos
e hordas de pais orgulhosos
se aglomeram,
segurando os celulares
e tirando fotografias.

Mas mamãe e papai
sumiram.

"Aonde eles foram?", pergunto a Tippi.

"Papai foi buscar o carro", ela responde.

Vamos andando até o palco,
mas quando conseguimos chegar lá
é tarde demais:
o grupo já se dispersou.

Dragon já está fora
           dos holofotes.

Magra

No Malibu Diner, na Washington Street,
onde nos reunimos para um jantar de comemoração
depois de *O lago dos cisnes*,

Dragon anuncia:
"Quero dançar *Romeu e Julieta* com Nureyev".

"Quem?", pergunto.
Minha família devora um prato de nachos.

"Ah, nada. Nureyev já morreu,
então não tenho a menor chance de dançar com ele.
Mas ele foi o maior de todos os tempos."
Dragon dá uma mordiscada
como um ratinho
nas bordas de um taco
e de repente percebo
como seus dedos estão fininhos –
        como gravetos com juntas e articulações.

"Você está tão magra", comento,
segurando-a pelo pulso e encostando o
polegar no indicador facilmente ao redor dele.

Mamãe pede mais um refrigerante.
Papai outra cerveja.
Tippi está devorando seu taco.

"Eu sei", diz Dragon,
ficando vermelha,
        parecendo contente
        pelo que encara
        como um elogio.

Uma brincadeira

Dragon está nos ensinando as cinco posições básicas do
   balé,
deixando que usemos uma cadeira para nos equilibrar, mas
batendo com a régua em nossas costas para endireitarmos a
postura
e sob o queixo para levantarmos a cabeça.

Tippi e eu não temos exatamente
corpo de bailarina
nem a disciplina necessária
e acabamos rindo tanto que até caímos.

E ela ri tanto, tanto,
até perceber que eu não estou mais rindo –
que mal consigo respirar,
que todo o ar do recinto
parece ter sido sugado para fora.

Dragon dá um grito e vem correndo.

Quando papai e mamãe chegam,
Tippi está ofegante também.

Eu a levanto.
Eu a levanto e olho para nossos pais.

"Era brincadeira", eu digo.
          "Estou bem. Estava *brincando*."

Dragon estreita os olhos.
Mamãe e papai franzem a testa.

Por alguma razão,
todo mundo decide acreditar em mim.

Todo mundo menos Tippi.

Outubro

Uma vitória

A sra. Buchannan ensina a classe a jogar badminton
e, em vez de só assistir,
nós participamos,
desengonçadas.
Mesmo assim. Apesar de a peteca ser leve
e de Tippi e eu termos uma
raquete cada,
não chegamos nem perto de derrotar um único jogador do outro
lado,
embora esse jogador seja Jon,
embora ele nem se esforce para correr.

Seria de se pensar que ele tivesse nos deixado ganhar
alguns pontos.

Seria de se pensar que faria isso por pena,
magnanimamente deixando a peteca
cair do seu lado da quadra algumas
vezes.

Mas a piedade não faz parte do jogo.

Talvez devêssemos desanimar.
Talvez o badminton nos trouxesse um sentimento de
 fracasso.

Mas sabemos que perdemos com justiça,

sabemos que Jon não se preocupou em pegar leve conosco,

o que já é uma vitória por si só.

Depois do badminton

A sensação de vitória acaba
quando
Tippi e eu somos obrigadas a ficar sentadas no vaso
bem depois
da aula de educação física,
bem depois de terminarmos de fazer xixi,
só para
recuperar o fôlego.

"Precisamos pegar mais leve",
digo.

"Sim, por favor", responde Tippi.

Pelo menos uma vez na vida,
      ela concorda.

Reunião

Tippi e eu aparecemos na Igreja
com um pacote de batata frita
para dividir.

"Então está tudo certo de novo?", pergunta Yasmeen.

"Acho que sim", responde Tippi,
ressentida.

Abro um sorriso.

Um sorriso que Jon
retribui.

"Parece que vocês não aparecem há décadas", ele comenta.

"Eu sei", respondi.
"Mas agora estamos de volta."

Normal

"Por que você não é amigo dos atletas,
nem dos roqueiros,
nem dos nerds,
nem de *ninguém*
na escola?",
pergunto a Jon.

"Eu sou bolsista, Grace.
Você *sabe* o que isso significa.
Nós somos normais demais para eles."

"Está falando sério?
Você é normal.
E ser normal é bom.
Ser normal é minha meta",
digo a ele.

Ele sacode a cabeça e
pega minha mão,
acariciando meu polegar
com os dedos,
deixando meu coração em chamas.

"Por aqui normal é um xingamento", ele diz.
"No fundo
todo mundo quer ser
        estrela
e ser normal é o caminho para o
        nada."

Mas está todo mundo errado.

Ser normal é o Santo Graal
e aqueles que não o são
sabem o valor disso.

É o que eu sempre quis,
e trocaria
ser esquisita, ou bizarra, ou espetacular, ou impressionante
por ser normal
sem pensar duas vezes.

"Eu adoro seu jeito normal", digo a ele
e sinto meu rosto
pegar fogo
enquanto me pergunto como deixei
aquelas palavras escaparem –
quase revelando a verdade.

Ele me encara.

"Eu sei", ele responde.

O leitor

Jon me empresta todos os livros de que gosta
depois de ler –
grossos como tijolos,
       com as páginas desgastadas
       lombadas amassadas e desbotados de sol.

Às vezes eu sigo seu rastro,
lendo *As vinhas da ira*
       até encontrar uma página com a ponta dobrada

então eu paro

para entrar no ritmo da leitura dele,
sentir como
deve ter sido para ele
       virar aquelas páginas,
ver aquelas palavras,
       para traçar o contorno dos pensamentos
       dele.

Não consigo ver um filme em segredo,
e mesmo quando uso
fones
sei que Tippi escuta o ruído baixinho
da minha música
em seus ouvidos.

Mas quando leio
       estou completamente a sós.
Tenho um momento distante dela
       e de todo mundo.

Quando leio
A insustentável leveza do ser,
não estou em Hoboken, e sim
com Milan Kundera em
   Praga
    com a sedutora Sabina
usando nada além de um chapéu na cabeça,
e estou com ela quando abre a porta de seu
ateliê, onde recebe o amante.

Estou sozinha com Virginia Woolf e seu
Orlando,
   no quarto de Orlando
    quando ela acorda mulher
depois de viver a vida toda como um lindo homem.

E,
por algum motivo,
saber que Jon passou os olhos
nessas páginas
e digeriu as mesmíssimas palavras
que estou devorando
me faz sentir como se
   o estivesse degustando também.

Dieta

Martelo o frango bem fininho,
   passo na farinha para o empanado
   e frito em óleo de girassol

até
sibilar e
estalar na frigideira.

Mas a única coisa que Dragon põe na boca
são algumas fatias de pepino
da salada sem tempero.
Ela mordisca o pepino como um filhote de coelho
e põe todo o resto de lado
        para o canto do prato.

Baixo meu garfo.

"Você não gostou do empanado", comento.

Minha mãe ergue os olhos e diz:
"Você precisa comer, querida",
mas está cansada demais para provocar algum impacto.

Dragon sacode a cabeça.
"Eu comi muito no almoço",
ela diz, abrindo um sorriso tão largo
        e escancarado
               que só pode ser falso.

Nossa parte

A academia de balé de Dragon está planejando uma excursão especial
de seis semanas
à Rússia,

mas ela não pode ir,
porque a mamãe e o papai gastam o que têm e o que não
têm
nos mandando para a terapia e pagando o melhor plano
de saúde
disponível para
não
cairmos
mortas.

"É culpa do papai", diz Tippi.
"Toda vez que ele bebe, está jogando
dinheiro pelo ralo."

Mas nós não podemos fingir que seja só isso.
Temos que admitir o quanto custamos –
o quanto obrigamos nossa irmã a se sacrificar.

"Você sabe o que podemos fazer", digo.
Tippi recusa a sugestão com um
aceno.

Já conversamos antes sobre aparecer na TV
e concordamos em não fazer isso,
em não deixar ninguém se aproximar,
só as pessoas que amamos.

"Sem chance", diz Tippi.
"Nem a pau."

Quando arrasto Tippi até o quarto de Dragon,
nossa irmã finge que não se importa
com a Rússia ou com
o Balé Bolshoi, ou consigo mesma.

"Eu vou outra hora", ela diz,
erguendo a perna atrás de si
    e, usando a escrivaninha como barra,
        contorce as costas para trás
   em uma lúnula
perfeita.

Sinto vontade de chorar,
mas Tippi se vira para o outro lado.
"Eu não vou aparecer na TV", ela murmura.

Magrinha

"Você está de dieta?",
minha mãe pergunta na noite seguinte,
abrindo uma
lata de salmão em conserva
e beliscando Tippi no
antebraço.

Tippi se afasta.

"Meninas e suas silhuetas",
resmunga meu pai.
Ele não está
bebendo hoje.
Em vez disso,
foi a Nova York,
então está cheirando bem
de novo,

um cheiro amadeirado
misturado com sabonete de bebê.
Mas, mesmo assim,
sua voz
é incisiva e afiada.

"Precisamos ir
ao dr. Derrick",
diz mamãe.

Ela põe pedaços do salmão
em fatias de
pão integral
e despeja
maionese em cima.

Olho para Tippi.
Ela perdeu peso *mesmo*,
e eu nem tinha percebido.

Não faz sentido.

Eu sou a viciada
em cenoura crua e
chá de ervas.

"Talvez seja *uma boa*
ir ao médico",
Tippi diz, e eu fico gelada.

"Sim,
marquem uma consulta",
diz papai
e sai pisando duro
da cozinha

deixando um rastro
de mau humor
atrás de si.

"É sério, não precisa", digo. "Estou bem.
Você não?"

Tippi fica tensa
e morde sua metade do nosso
sanduíche de salmão.
"Na maior parte do tempo", ela murmura.
"Mas nem sempre.
E o mesmo vale para você."

Procurando barbante

Papai compra um comedouro de pássaros,
que enche de sementes.
Ele remexe na gaveta de tranqueiras
procurando barbante
para pendurar o cilindro verde e comprido com três com-
 partimentos
e quando não encontra
vai pisando duro para o porão
subindo alguns
minutos mais tarde
sem nada nas mãos.
Quanto mais ele procura o barbante,
mais obstinado fica,
e mais pesada fica sua respiração.

"Vamos ajudá-lo a procurar", digo.

Tippi faz que não com a cabeça.
"Ele não é criança,
precisa aprender a se virar com seus próprios
sentimentos",
ela responde,
como se não soubesse que
os sentimentos do papai sempre acabam virando
problema de alguém.

Como ele é com os outros

Antes de o inverno chegar
com seus dentes escancarados em sua
mandíbula de gelo,
papai acende a churrasqueira
e juntamos a família toda
para comer cachorro-quente e espiga de milho assada.
"Seu pai é *tão engraçado*",
diz nossa prima Hannah,
olhando para ele
e dando risadinhas
enquanto papai imita a dança da Beyoncé,
balançando a bunda,
girando os braços
e se segurando na mamãe como se ela fosse um poste.

"Ele nem sempre é assim", respondo.

"Sério?", pergunta Hannah.

"*Sério*", responde Tippi.

Nossa prima franze a testa e
sacode a cabeça –
não acreditou em uma palavra.

Inchaço

Na segunda de manhã
Tippi e eu nos sentamos
a uma mesa no pátio coberto
e vemos Yasmeen e Jon copiando às pressas
nossas respostas da lição
de história.

Tippi levanta sua perna e põe os dedos para cima.
"Estou com o tornozelo inchado", ela diz.
"Como foi que isso aconteceu?"

Yasmeen ergue os olhos
e cutuca o pé de Tippi com a ponta da caneta.
"Você deve estar grávida", ela diz
com um sorriso.

Eu dou risada e levanto minha perna.
Ponho os dedos para cima.
Vejo que meu tornozelo
não está tão fino quanto era
também.

Isso por acaso é justo?

Gêmeas xifópagas terem
tornozelos inchados
além de todo o resto?

À distância

Agora que Jon e eu trocamos telefones
e ele está na minha lista
de favoritos,
passo todas as aulas que
         não fazemos juntos
com o celular escondido
         debaixo da carteira
mandando
mensagens e esperando a resposta.

Tippi revira os olhos.
"Não vou deixar você copiar depois",
ela diz.

Mas eu não ligo.

Tem outra mensagem chegando.

Mensagens

O q significam essas tatuagens
na sua mão????
                         Nada
Não pode ser nada
                         Pode sim
Não pode
                         Eu posso gostar de estrelas...
                         Posso ser fútil
Vc não é!
                         Sou sim
Me conta!!!
                         Elas me lembram q
                         o universo é maior
                         q eu
Q vc?
                         Do que aquilo que consideramos
                         importante
Preciso de estrelas tb
                         Precisa msm

Na beira da quadra

Enquanto as outras meninas jogam basquete,
ficamos sentadas na beira da quadra,
eu com um livro,
Tippi com os fones no ouvido.

Margot Glass não está fazendo aula
também
e se senta conosco,
bem ao meu lado,
no banco de madeira.

"Estou naqueles dias", ela explica,
sacando um tubo de manteiga de cacau
e espalhando pelos
lábios rosados e cheios.

"Tic Tac?", ela oferece,
estendendo a caixinha transparente cheia
de pequenas cápsulas brancas.

Nossos colegas de sala nunca nos oferecem nada
além
        de muita   distância
então fico surpresa por Margot falar comigo.

"Claro", respondo,
e Margot
        despeja
        quatro balinhas
        na minha mão.

"Eu estava dizendo para as meninas ontem à noite
mesmo
que morro de pena de você e sua irmã", Margot
comenta.
"Preciso de privacidade.
Odiaria ficar presa com alguém o tempo todo."
Margot
abre a boca
e joga os Tic Tacs lá dentro.

"Nós não ligamos", respondo.

Margot quase sorri –
com seus lábios e olhos
firmes e sérios.

Fecho os dedos sobre
os Tic Tacs na palma da mão e
lentamente
a menta adocicada começa a derreter
sob minha pele
açucarada.

Não, obrigada

O gramado da casa de Jon está cheio de latas de cerveja
    vazias e
uma bicicleta enferrujada e sem rodas está amarrada à
    cerca de
alambrado.
As janelas da casa
são protegidas por grades
e a porta da frente tem uma pichação em verde
no vidro.

Quando ele abre a porta
um pastor alemão pula sobre nós
e lambe nossos braços.
        "Desce, Garoto", ele diz,
e o puxa para longe.

A casa cheira a cigarro.
As louças sujas estão empilhadas sobre a pia.
A TV está ligada – sem ninguém para ver.

Jon vai até a geladeira.
    "Coca-cola?", ele oferece,
e fico envergonhada porque
a última coisa que quero é
ter que comer ou beber
alguma coisa nesta casa.

A campainha toca.
    "Deve ser Yasmeen", diz Jon e
vai correndo abrir.

Um cara de barba grisalha e
    uma tatuagem de lágrima sob o olho
sai do banheiro
    em um canto da cozinha.

"Porra", ele diz,
derrubando um cigarro no chão de cerâmica
e esfregando a cinza de tabaco ao apagá-lo
com o salto da bota.
"Quer dizer…
    porra?", ele repete
e
gentilmente, como se ele tivesse oferecido
um pedaço de torta,
Tippi responde:
"Não quero.
Mas obrigada por oferecer."

No quarto de Jon

O quarto de Jon cheira a lençol suado
e loção pós-barba.
As paredes são cobertas de fotografias de escritores
mortos
        e
           de tatuagens.

"Desculpa ter sido malcriada com seu pai", diz Tippi,
e acrescenta:
"Não que eu esteja arrependida."

Jon dá risada.
"Cal é meu padrasto. Até que ele é legal.
Pelo menos está aqui, né?
Ficou mesmo depois que a minha mãe se mandou.
É um babaca às vezes, mas não deu no pé.
Paga minha condução e meu almoço,
e se não fosse por ele
eu estaria no colégio de merda do bairro
e nunca iria sair daqui.
Cal disse que vai ficar até eu ir pra faculdade.
Depois vai embora pro Colorado.
Ele gosta de neve."

Yasmeen deita na cama de Jon, cantarolando,
Tippi olha a pilha de DVDs,
e eu vejo Jon remexendo
em uma pilha de roupas amarrotadas,
desejando ter coragem de dizer
que sua mãe deveria ter ficado,
que ele não merecia ser abandonado

e
que
ir embora
foi a coisa mais idiota que
ela poderia ter feito.

O que não me mata...

No meu aniversário de dez anos,
mamãe me comprou um pingente de prata
em formato de pé de coelho.
Desde então, nunca tirei,
nunca passei um dia
sem o amuleto
contra minha pele.

"O que é isso?", Jon pergunta,
virando o pingente
entre os dedos,
com a mão cheirando a sabonete.

"É para dar sorte", respondo.
Ele estreita os olhos
e senta mais perto de mim na cama.

Tippi e Yasmeen não estão ouvindo.
Estão vendo o cardápio de uma pizzaria
para escolher o sabor.

"Você acredita mesmo nessas coisas?",
Jon pergunta.

Eu baixo os olhos,
me sentindo uma criancinha.
"Não sei", respondo.
"Mas o que não me mata me fortalece, né?"

"Sei lá", ele diz,
soltando o pé de coelho.
"Não sei mesmo."

Ciúme

Jon nos dá uma carona para casa
no carro de Cal
e preciso me segurar para
não ficar brava com Tippi
por ser a gêmea da esquerda
e ficar
tão perto de Jon
por quinze minutos inteiros.

À espera

Papai está deitado no sofá,
sozinho no escuro.

"Vocês estão bem atrasadas", ele diz.

"Desculpa", Tippi e eu respondemos.
E vamos até ele.

"Eu estava preocupado", ele diz.

A escuridão se alivia.

"Bom, agora vocês estão em casa", ele comenta.
"Boa noite."

E, sem uma palavra,
ele vai para a cama.

Qualquer coisa, menos...

Tippi fica se remexendo na cama ao meu lado e então
saca o celular,
        cuja luz
           ilumina seu rosto.

"Está incomodada com alguma coisa?", pergunto,
à espera
do que quer que
seja.

Ela vira a cabeça
        para o lado
e me olha com uma expressão tristonha
idêntica à minha.

"Ah, Grace", ela diz.

Ela pisca os olhos idênticos aos meus
e morde os lábios como eu.

Parecemos tanto
ser a mesma pessoa
que às vezes sinto repulsa
dela,
cansada de olhar
para um espelho
todos os dias da minha vida.

"Podemos ir à escola", ela diz,
"e trabalhar
e dirigir e nadar e caminhar.
Você sabe que eu iria a
qualquer lugar com você, Gracie.
O que quiser,
é só me falar,
e nós fazemos.
Podemos fazer qualquer coisa,
certo?"

"Certo", respondo.

"Mas nós não podemos
                nunca
                    nos apaixonar.
Você entende?"

"Sim", murmuro.
            "Eu entendo."

O aviso, porém, chega
            tarde demais.

Os irmãos Bunker

Os gêmeos siameses originais,
Chang e Eng,
        Esquerdo e Direito,
os irmãos Bunker,
como prefiro chamá-los,
nasceram com um pedaço de cartilagem
que os unia
na altura do peito.

Eles se tornaram um símbolo
para pessoas como nós – aberrações, claro,
mas bem-sucedidos
por terem conseguido escapar da sentença de morte
do rei Rama
quando bebês.

E, apesar do que Tippi diz sobre o amor,
Chang e Eng Bunker
tiveram duas esposas e vinte e um filhos
no total.

Eles viveram, amaram, lutaram
e morreram juntos,
o que me dá esperança
e faz com que eu me pergunte
o que nos impede
de ser um pouco
como esses siameses
também.

Associação de palavras

"Você parece chateada", comenta a dra. Murphy.

Tippi está escutando algum disco novo.
Seu pé acompanha a batida da música.
Queria estar ouvindo com ela em vez
de estar aqui
com a dra. Murphy, que não está fazendo nada de útil
além de tentar
me fazer
      sentir.

"Estou bem", respondo.
"Adoro a escola nova."

A dra. Murphy franze a testa.
Ela baixa a prancheta e o lápis.

"Vamos fazer um jogo de associação de palavras", ela diz.

Já fizemos esse jogo antes.
Já fizemos esse jogo, e eu sempre
minto,
pois
o que
uma
palavra
pode
dizer a ela?
Como
uma

palavra
pode mostrar quem eu sou?

"Casamento", ela diz.

Casamento:
mãe, pai,
ruim, triste,
abalado, rompido,
vazio,
solidão.

"Bolo", respondo, e bato palmas como se achasse que é mesmo
um jogo, e não uma forma de ela chegar à raiz dos meus pensamentos.

A dra. Murphy continua:
"Irmã."

Irmã:
aqui, agora,
juntas, sangue,
ossos, fratura,
tontura, queda,
morte,
solidão.

"Dragon", respondo.

A dra. Murphy respira fundo, e não sei se isso
significa que passei no teste ou não.
Mas não importa.

O tempo acabou,
então chega de
interrogatório.

Até
a próxima vez.

No cais

Tippi e eu vamos andando até o centro e depois
              para o leste,
até a beira do rio
para encontrar a mamãe, que vem
de barca da cidade.

O cais do porto não é mais como
anos atrás,
quando metalúrgicos e estivadores trabalhavam lá
fazendo serviços braçais.

Hoje em dia está cheio
        de casas de sucos e
        academias de iogas
e carrinhos de bebê mais caros que carros de verdade.

As docas das barcas.

Apoio a mão no encosto de um banco
e fecho os olhos,
ofegante como se tivesse corrido uma maratona,
com

o coração disparado,
me implorando para diminuir o ritmo.
"Grace?", chama Tippi.

Abro os olhos quando
mamãe aparece descendo
       a rampa
       e acenando.
A barca sopra fumaça preta sobre o
rio Hudson.

Aceno de volta, e Tippi também.
"Tudo certo",
    respondo,
    e juntas vamos
       encontrar nossa mãe
       com um sorriso.

Um pouco de falta de ar

"Tem alguma coisa errada", Tippi comenta
no trem para a escola no dia seguinte.
"Não estou com a menor vontade de ir até Rhode Island
como você assim.
Mas tem alguma coisa errada."

Eu seguro sua mão.
"É só um pouco de falta de ar", digo.

"Certo", responde Tippi.
"Então tudo bem se eu mencionar isso
para o dr. Derrick no próximo exame."

Santa Catarina

Na aula de filosofia estamos
analisando o problema mente-corpo
ao longo da história para
um debate.

E assim conheço
Santa Catarina de Siena, nascida em 1347.
Ela sobreviveu à peste negra
quando bebê,
mas morreu aos trinta e três anos
por não se alimentar.

Tippi afirma ser um caso de anorexia não diagnosticada,
mas Santa Catarina dizia não acreditar
que sua alma precisasse da nutrição do corpo
e se concentrou
em vez disso
em Deus e suas orações,
em desistir da matéria
e ascender rumo ao divino.

Às vezes eu gostaria de ser assim:
comprometida
com a alma,
em vez de preocupada
com este corpo o tempo todo.

Início de novembro

Uma surpresa

Em vez da saia verde da escola,
Yasmeen está usando uma minissaia jeans
e uma meia-calça de estampa de oncinha.
Ela penteou os
cabelos cor-de-rosa
para cima
        em uma espécie de onda
e os professores não a obrigaram a se trocar porque
hoje é seu aniversário de dezessete anos e todos
sabem
que os aniversários
para os doentes
são meio que sagrados.

"Acho que vou fazer sexo para comemorar", ela diz,
falando tão alto que
todos na sala de artes
suspendem os pincéis
        sobre os autorretratos
        em aquarela
        para olhar.

Em vez de dar uma festa,
Yasmeen convidou as amigas para dormir em sua casa.

Isso é o que dizemos à mamãe.

Não contamos que vamos estar
acampando na Igreja no sábado à noite
sob as árvores
e as estrelas,

invadindo a propriedade da escola,
que fica trancada durante o fim de semana.

Quando Jon vai pegar mais tinta,
Yasmeen nos passa um cartão,
um coração com glitter e a palavra
AMOR em letras garrafais
em fonte de monograma
na frente.

"É do Jon", ela diz.
"Preferia que ele não tivesse me dado.
Já falei para ele o que penso disso."

Meu coração
      se choca contra minhas costelas
como se tivesse sido
      abalroado por trás
          na pista de carrinho bate-bate.

Devolvo o cartão sem ler.

O autorretrato de Yasmeen é preto,
com olhos minúsculos em um rosto redondo demais.
"Péssimo, né?", ela comenta.

Não sei se ela está falando
do retrato ou do
Problema com Jon.

Só sei que
consigo pensar em coisa muito pior
do que o amor dele,
do que receber um cartão
coberto de beijos.

"Não precisa levar tão a sério assim",
Tippi diz para Yasmeen.
Ela abre a boca
para acrescentar alguma coisa,
mas muda de ideia
e faz um carinho em mim em vez disso.

"Você está bem?", Tippi pergunta mais tarde.

Balanço a cabeça.
Estou bem.
E então aviso:
"Vou encher a cara lá na Igreja."

Fico de olho nele

Fico de olho nele quando está com Yasmeen,
mas não vejo esse amor por ela em lugar algum
e me pergunto se
ela não pode estar enganada,
se o cartão
significa mesmo
o que Yasmeen acha.

Ou ela está enganada,
ou eu estou cega,
porque do meu ponto de vista
ele não trata nenhuma de nós
de um jeito diferente.

Comendo por duas

Não estou com fome.
Só a visão do frango temperado
sobre o arroz amarelo
revira meu estômago.
Sou obrigada a desviar os olhos.
"Você não vai querer?",
pergunta Tippi.
    Empurro
        meu prato para ela,
minha metade da comida.
"Pode ficar", digo,
e rapidamente ela devora
o suficiente para nós duas.

Mais importante

Nuvens escuras se acumulam à distância.
"Espero
que não chova hoje
para podermos comemorar
o aniversário de Yasmeen", digo.

Tippi me afasta da janela.
"Ficar se preocupando não vai ajudar", ela responde.

"Se preocupar não vai ajudar com o quê?", pergunta
    mamãe,

entrando no nosso quarto
   e nos olhando por cima da pilha de roupas limpas
que está carregando.

Mamãe põe a roupa no chão e pega
dois pratos cobertos
de migalhas.

"Se eu fosse você,
me preocuparia com
coisas mais importantes", ela responde e,
sem dizer a que está se referindo,
sai do quarto
e fecha a porta
com cuidado atrás de si.

Quiromancia

A Igreja parece ganhar vida com os zumbidos e estalos
dos insetos noturnos.

A lua está escondida
   atrás de nuvens pesadas.
Um calafrio se instala
   por baixo da minha blusa,
chegando até os ossos.

Pensei que as cervejas que virei fossem afogar
meus sentimentos por Jon,
   escondê-los no fundo da mente
e me deixar espaço para pensar em outras coisas –

       coisas
       que eram
       possíveis.

Mas acontece o contrário.

Minha cabeça está enevoada pelas palavras que quero
    sussurrar
para ele aqui na escuridão.

Seu rosto está mais bonito do que nunca
e sua risada faz meus músculos se enrijecerem
de desejo.

Tippi percebe, faz careta
e dá um gole na garrafa
de vinho tinto quase vazia e come uma batatinha.

Yasmeen dedilha algumas músicas de
Dolly Parton no violão, fazendo também a voz.

Jon está sentado ao meu lado no tronco de árvore
molhado.
"Me dá sua mão", peço,
e a pego,
virando
       a palma
       para o céu escuro.

       "Lê o meu futuro", ele diz.

Passo o polegar
       em diagonal
pela palma de sua mão
e o encaro sob o luar,

absorvendo-o,
       sentindo nossa proximidade.
"A linha da cabeça mostra que você é curioso e criativo", eu digo.
"E a linha do coração é forte."

       "Entendi", ele responde,
abrindo os dedos
e me oferecendo a mão inteira.

A cerveja está tentando me forçar
a dizer algo que não deveria.
Prendo a língua entre os dentes e mordo
até sentir o gosto de sangue.

Tippi estremece e põe um cobertor sobre os ombros.

Eu me assusto e a encaro.
       "Que foi?", ela pergunta.
       "Esqueceu que eu estou aqui?"

Ela dá risada,
       e eu olho para o outro lado
porque,
sim,
na verdade,

por um instante,
       eu me esqueci da presença
       dela.

Herança de mãe

Paramos de ler a sorte,
de cantar, de beber,
de fumar, de comemorar,
e ficamos quietos.

Yasmeen quebra o
silêncio dizendo:
"Minha mãe me passou o HIV.
Ela não sabia. Simplesmente deu à luz
e amamentou, e eu não tive a menor chance.
Suguei essa coisa horrorosa de dentro dela.

Ninguém diz nada,
mas acho que Yasmeen não queria resposta alguma.

Uma estrela cadente cruza o azul profundo do
céu,
e eu prendo a respiração e faço um desejo –
mandando boas energias
                    para Yasmeen.

Tippi me dá a mão e se aconchega a mim
porque sabemos como Yasmeen se sente,
como é ser amaldiçoada no nascimento
por uma maldição que sua mãe
nem sabia que carregava.

Impressões maternais

Se tivéssemos nascido em outra época,
dedos seriam apontados e
questionamentos seriam feitos
sobre o que se passava na cabeça da mamãe
enquanto crescíamos dentro dela.
No passado as pessoas diriam
que ela andou vendo
imagens do demônio ou lendo contos satânicos
enquanto estava grávida,
e que essa influência se infiltrou
em seu ventre e
se impregnou em nossos corpos frágeis.

        Antigamente, haveria alguém
para culpar,
e teria sido a
        mamãe.

Hoje em dia os cientistas sabem que ela
não fez nada de errado,
que não foi culpa dela,
que nossa estranheza não escorreu da mente da
mamãe
como um vazamento de esgoto,
que foi um mero acidente na concepção,
as células
não se separaram como
deveriam.

A ciência e o progresso
são coisas boas,

mas fico me perguntando
sobre os exames que fizeram
na mamãe
para determinar como aconteceu,
como viemos a existir,
se isso é capaz de impedir
que gente como nós
nasça
no mundo.

De manhã

Estamos rígidas e doloridas
e nossa cabeça lateja
com uma ressaca
tão forte
que até os pios
dos passarinhos
são insuportáveis.

Apesar de tudo,
      estamos sorrindo,
      e
      eu acho
      que provavelmente
nunca estive
tão feliz.

Uma coisa que ele está fazendo

O corredor está coberto de poeira.
Papai está em cima de uma escada lixando a parede.
"Olá, meninas!", ele diz,
e "Cuidado com a lata de tinta",
e "Pensei em dar uma renovada na casa.
O que acham?"

"É uma ideia genial!", vovó grita
de outro cômodo.

Os pedaços de papel de parede, rasgados e amassados,
estão espalhados pelo chão
como folhas caídas.
Mamãe demorou duas semanas para pôr aquele papel.
Custou uma fortuna,
e agora o papai está arrancando tudo.

"Cadê a mamãe?
Ela sabe o que você está fazendo?",
murmuro.
Falo tão baixinho que a poeira
nem se move
no ar.

"É uma surpresa", responde o papai.
Ele assobia
e continua lixando.
"Como foi a noite de vocês?"

Sei que ele quer ver nós duas empolgadas com
essa

coisa que ele está fazendo.
E eu quero de verdade que ele se anime.

Mas…

Tippi tosse e cobre a boca.
"Acho que você deveria ter contado para a mamãe", ela diz.

Papai para de assobiar.
"É uma *surpresa*", ele repete.
"Já ouviu falar nisso?"

"Já", responde Tippi. "O problema é que
é muito melhor estar contente do que surpresa."

Ressaca

Deitamos na cama
ainda com as roupas sujas da noite
anterior.
Tento ler,
mas as palavras
      se movem
no papel,
incapazes de se
      equilibrarem,
então ouço um áudio-livro em vez disso,
descansando a cabeça no
ombro da minha irmã adormecida.

Maracujá de sorte

Vovó vai sair com um cara que
conheceu no boliche.
Não sabia que a vovó jogava boliche.
Não sabia que o boliche era um bom lugar para conhecer homens.
E não acredito que alguém com
o rosto enrugado como
um maracujá de gaveta
tem mais sorte
no amor
do que
eu.

Duplas

Quando o sr. Potter nos manda fazer duplas
para o trabalho de filosofia,
Jon bate no meu braço e diz:
"Quer fazer comigo?".

Tippi bufa.
    "Grace e eu meio que já somos uma dupla",
    ela diz,
    "caso você não tenha notado."

Jon resmunga e me puxa para perto de si,
batucando nas minhas costelas com os dedos

como se fossem teclas de piano.
"Pensei que vocês fossem duas pessoas diferentes",
ele diz,
        provocando Tippi.

Tippi se vira para a esquerda e
bate no braço de Yasmeen.
        "Acho que vamos trabalhar juntas", ela diz.

        Mais tarde Tippi me pergunta:
        "Se você tivesse que escolher entre mim e um garoto,
        quem seria?".

"É só um trabalho de escola", respondo.

        "*Disso* eu sei", diz Tippi,
        aos risos,
        e do nada
        me dá um soco no braço.

Juntas para sempre ou a morte

Na aula de literatura
Margot Glass
lê em voz alta um poema que escreveu
chamado "Amor"
sobre uma menina que está tão
apaixonada
que não deseja nada além de
deitar

e morrer
ao lado de quem ama.

A classe suspira e bate palmas,
todos impressionados com a profundidade de
Margot,
com o caráter passional do texto.

Mas…

Os olhares se voltam para Tippi e para mim,
sempre juntas,
como um casal amaldiçoado.
Então, quando dizemos
que não queremos ser separadas,
sair sozinhas todas as manhãs
e passar os dias à procura
de companhia,
todos concluem que
existe alguma coisa
muito errada
conosco.

Por outro lado...

Estar com Jon me faz
pensar
por alguns breves segundos
como seria
me afastar de Tippi
só por um momento

e deixar que ele me veja
como eu sou,
uma alma única
com
pensamentos próprios,
e não o apêndice de uma outra
                        pessoa.

Dividida

"Às vezes eu queria ser capaz de me ver
com seus olhos", comenta Jon.

Estamos despejando substâncias roxas em tubos de ensaio
para esquentar sobre o calor de uma chama.

        "Como eu vejo você?", pergunto,
        sabendo qual é a resposta
        e desejando muito poder dizer.

"Quando você me olha,
me vê por inteiro", ele diz.

Ele passa a mão rapidamente pela
chama azulada do bico de Bunsen.

        "Não dá para ver ninguém por inteiro", digo a ele.
        "Todo mundo tem uma parte faltando."

Jon estreita os olhos
e contorce a boca, sem entender.

"Platão dizia que
todos nós já fomos ligados a alguém", digo.
"Que éramos humanos com quatro braços
e quatro pernas
e uma cabeça com duas faces,
mas éramos tão poderosos
que ameaçamos superar os deuses.
Então eles nos dividiram ao meio,
    separando as almas gêmeas,
e nos condenando a viver
para sempre
sem nossa cara-metade."

"Eu adoro Platão", comenta Jon,
e acrescenta:
"Então o que você está dizendo é que
você e Tippi é que têm sorte."

    "Talvez", respondo,
    porque não quero admitir
        que meu coração
    está dividido
    desde que o conheci.

Muito dinheiro

Tia Anne teve um bebê –
um menino com três quilos e trezentos gramas.
Com certeza minha tia está pensando:
Ai, meu Deus,

*como é que eu vou
conseguir pagar
todas as contas, e as roupas, e os estudos dele?*

E dezesseis anos atrás aconteceu a mesma coisa com meus
    pais,
só que eles
sabiam
que nunca seriam capazes de pagar
por tudo que precisávamos
e teriam
que aceitar
        doações de bons samaritanos
se quisessem continuar colocando comida na mesa.

"Os bebês fazem valer cada centavo",
a mamãe diz ao telefone para sua irmã,
abrindo uma fatura da dra. Murphy
e vendo o valor
da conta.

Mas eu não sei, não.

Não sei quanto
vidas como as nossas
valem no mundo real,
principalmente
para a empresa de plano de saúde, que
todos os dias
questiona nossa necessidade
de tanta assistência médica.

Demissão

A empresa da mamãe demitiu dez funcionários hoje:
      pá-pum-tchau.

A mamãe, imaginando que tivesse sobrevivido ao corte,
saiu para almoçar,
      comprou sanduíche de linguiça
      e um cookie gigante de aveia –
      suas comidas favoritas.

Quando ela voltou,
o sr. Black a chamou para o escritório dele
e deu a má notícia.
Não é culpa dela, ao que parece,
que a empresa não precise mais dos seus serviços,
só um sinal dos tempos
e um tremendo azar.

Depois
Steve da segurança a seguiu até sua mesa
e a vigiou enquanto ela recolhia suas coisas,
como se ela fosse uma criminosa prestes a fugir
com o grampeador do escritório.
Ela se despediu das colegas,
das mulheres que pensava ser suas amigas,
que nem olharam na sua cara quando ela
foi conduzida para o elevador
e para a porta giratória
do prédio envidraçado
e daí para a rua.

Agora a mamãe está no quarto chorando.

Ninguém é capaz de consolá-la.

E em pouco tempo,
sem dúvida,
vamos estar na miséria.

Negociação

Tiro meu tênis, mas

Tippi mantém o seu no pé.

"Você sabe que ele detesta sapatos na sala de estar",
digo.
É impossível não notar o tom agudo da minha voz,
parecendo terrivelmente com a de uma professora de
    colégio.

Tippi me puxa para o sofá.

"O que ele vai fazer a respeito?", ela pergunta,
colocando o pé sobre a mesinha de centro.

"Sei lá", respondo. "Ele vai ficar irritado. Ele vai.
Vai…"
Eu me interrompo,
         me inclino para a frente e empurro o pé dela para o
chão.

Tippi se vira para mim.
"Ele vai beber de qualquer jeito, Grace.

Você precisa começar a entender isso.
Não dá para negociar com ele."

Ela encosta no pé de coelho
pendurado no meu pescoço.
"Você ainda não falou sobre isso com
sua terapeuta?"

"Não sei de que diabos
você está falando", respondo,
      me afastando,
           enfiando o pingente
           dentro da blusa
           para escondê-lo.

"Sabe, sim", retruca Tippi,
pondo o pé
de volta
na mesa de centro.

Às duas da manhã

Uma porta batendo. Barulho de panelas.
Um rádio alto transmite
sinfonias na madrugada
por cima de palavrões e grunhidos.

Papai está preparando algo para comer
enquanto o resto
de nós está na cama
tentando dormir um pouco.

"Qual é o problema com ele?", eu me pergunto em voz alta.

Tippi bufa.
"Talvez tenha descoberto que eu não
tirei o sapato."

Cortes de gastos

No começo as idas ao cinema são
suspensas,
e a compra de roupas novas, e os jantares em restaurantes.
No começo são cortes de gastos supérfluos
que ninguém nem nota
muito.

Mas
então acaba o dinheiro para a gasolina e para a carne
e para as guloseimas
ou para qualquer coisa
que não seja o plano de saúde,
porque
disso
a mamãe não
abre mão.

Colaborações

Vovó vende alguns anéis e outras coisas
no eBay
para nos manter vivos.
Mamãe fica horas passando roupa para fora,
abordando as mulheres na lavanderia,
sem ganhar quase nada em troca.
E em duas noites por semana
Dragon fica de babá do menino
da vizinha.
Todo mundo está fazendo sua parte,
menos o papai.

Menos nós.

"Precisamos ajudar",
digo a Tippi.

"E o que você sugere?", ela pergunta.

Afasto a franja de seus olhos.
"Você sabe que podemos ganhar
uma nota preta sem
abrir mão de nada", argumento.

Tippi suspira.
"Se aparecermos na televisão,
vamos abrir mão da
nossa dignidade, Grace", ela rebate.
"E isso eu não vou permitir."

Mas qual é o sentido de manter o orgulho
quando todo o resto está perdido?
É isso que eu queria saber.

Trégua

Papai ajuda mamãe a atualizar o currículo e
os dois dão risada,
sentados lado a lado diante do computador,
de mãos dadas.

Talvez isso signifique
que os dois se amam de novo.
Talvez a demissão da mamãe
possa ser uma bênção
em vez da maldição
que todos imaginamos.

Mas então
a mamãe sai.

Só vai ficar fora algumas horas,
mas é o suficiente para o papai
ir atrás de bebida e
encher a cara.

Tippi e eu nos escondemos no quarto,
aproveitando para pôr a lição de casa em dia e
estudar para as provas,
desejando que Dragon não estivesse na academia,

para que tivéssemos alguém para nos ajudar
a sobreviver à tarde.

Mas nada acontece.

Voltamos para a cozinha,
onde mamãe está cortando alface.

"Tudo bem?", pergunto.

Mamãe ergue os olhos e corta a ponta
do dedo com a faca.

Gotas de sangue vermelho caem sobre a mesa,
mas ela parece nem perceber.

"Estou fazendo uma salada grega", ela diz,
e nós assentimos.

"Eu pego o queijo feta",
Tippi se oferece gentilmente.

Mas a mamãe sacode a cabeça.
"O dinheiro não deu para comprar o queijo feta",
ela confessa
e leva o dedo à boca para
chupar o sangue.

Com pessoas estranhas

A sra. McEwan do andar de cima está na nossa porta
com seu filho Harry
    equilibrado no quadril.
"Dragon está em casa?", ela pergunta,
sem olhar para nenhuma de nós especificamente.

Faço que não com a cabeça.
    Tippi responde: "Ela está na aula de dança".

A sra. McEwan suspira.
"Ah, que pena.
Bom, se ela voltar logo,
vocês avisam que eu vim aqui?"

Eu assinto.
    Tippi sugere: "Nós podemos cuidar do Harry
        para você,
    se quiser.
    Seria um prazer".

A sra. McEwan engole em seco.
"Ah, não. Ah, não.
Ele fica meio medroso com pessoas estranhas."

O menino sorri
e estende a mão para pegar meu brinco de argola.
A sra. McEwan o puxa para trás
e dá risada.

"Avisem Dragon que eu passei aqui, certo?", ela murmura
e sobe às pressas

para seu apartamento
levando seu precioso e
"assustado"
pacotinho
consigo.

Dinheiro fácil

Se eu tivesse um revólver, poderia assaltar um banco.

Poderia enfiar uma arma na cara do caixa
e exigir uma pilha de dinheiro
e fugir em uma Maserati roubada.

Eu poderia vender drogas nas esquinas
ou prostituir meninas por um bom preço.

Poderia infringir a lei que quisesse.

Se me mandassem para a cadeia,
teriam que prender Tippi também,
o que seria uma detenção
ilegal,
que jamais seria mantida em um
tribunal.

Se eu não tivesse uma maldita consciência,
      estaríamos ricas.

Desculpas

"Me desculpem", diz a mamãe,
      nos sentando na cama
      para que ninguém saia do quarto
      antes que ela termine de falar.
      "Vamos mudar de casa.
      Não temos mais como manter o apartamento
      e bancar o custo de vida em Hoboken.
      Não temos nem como pagar
      a porcaria da conta do telefone.
Me desculpem."

"Não é culpa sua, mãe", falo,
      tentando ser gentil,
      tentando não culpá-la por
      perder o emprego,
      nem por nos mandar
      para a escola
      e fazer com que nos apaixonássemos pelo lugar.

"Me desculpem", ela repete.
      "Vamos vender o apartamento e comprar
      uma casa
      mais acessível em Vermont.
      Vocês têm primos por lá e
      com certeza o governo do Estado
      vai ter verba para mandá-las
      para uma ótima escola."

"Não vai ser como Hornbeacon",
      rebate Tippi,
      incapaz de consolar nossa mãe

ou de ceder.
E desta vez eu não
a culpo porque
ela tem razão.
Não vai ser como Hornbeacon.
Não vamos mais ter Jon e Yasmeen.

A cabeça de Dragon aparece na porta.
"Que droga isso", ela comenta.
"Mas vamos ficar bem."
Sua postura é de desânimo,
com os ombros caídos
e a cabeça baixa,
fazendo-a parecer bem diferente do habitual
e nem um pouco convicta
do que está dizendo.

"Você vai ter que sair da academia de balé", comento.
"E pode não encontrar uma parecida em Vermont."
Dragon dá de ombros.
Seus olhos se enchem de lágrimas.

"Eu me viro", ela diz.
"Posso dançar com esquis nos pés."

Belisco o joelho de Tippi, que olha para mim.
"*Não*", ela diz com firmeza,

e depois de uma pausa:

"Talvez."

Finalmente

Olhando para os nossos pés,
Tippi diz: "Liga para a repórter".
Sua voz está trêmula
como a roupa estendida no varal.

"Liga para ela", Tippi repete,
"e vamos começar logo com esse circo."

Dois pesos, duas medidas

"Vocês têm certeza?",
pergunta Dragon.
"Quer dizer, vocês seriam pagas para ser vistas por um
    bando de idiotas.
Vão querer isso mesmo?"

As pessoas bonitas desfilam em passarelas
com vestidos feitos de barbante,
tiram fotos seminuas em praias paradisíacas,
e ninguém parece se importar
que façam isso por dinheiro –
ninguém considera isso
uma coisa
de mau gosto.

Mas, quando Tippi e eu pensamos em ganhar dinheiro com nossos corpos,
todo mundo faz cara feia.

Por que isso?

Meio de novembro

Caroline Henley

Ela bebe o chá que a mamãe fez
e conversa sobre coisas tão banais
que seria impossível saber que está nos
assediando há anos
   – com telefonemas, e-mails, mensagens de celular –,
implorando para ter
acesso irrestrito à
nossa vida de xifópagas
para fazer um
documentário a respeito.

"Um pouso bem brusco", ela comentou,
mantendo-se no assunto da viagem.
Nunca ouvi uma voz com um
sotaque britânico tão carregado e polido,
como se ela tivesse vindo diretamente dos anos 40
e não descido de um avião que decolou em Londres.
"As rodas bateram na pista com uma
   pancada.
Pensei que fossem
   sair voando.
E o trânsito na via expressa.
Um horror!"
Ela bebe mais chá.
"O hotel é ótimo. Com vista para o rio,
a Estátua da Liberdade.
Nunca tinha vindo a Nova York.
Tenho muita coisa para ver."

Mamãe oferece mais um biscoito a Caroline.
"Quantos dias você vai ficar?",
ela pergunta.

Caroline dá uma tossida.
"Você quer dizer meses", ela responde,
sacando um contrato
de dentro do blazer
e colocando sobre a mesinha lateral
como se fosse um bilhete de resgate.
"Eu quero acesso total o tempo todo.
Está tudo aqui, preto no branco,
para vocês lerem e assinarem.
Tenho uma caneta aqui",
ela diz
e de forma quase sobrenatural
   aparece uma em sua mão.

Seus olhos de repente se endurecem e
brilham de ambição.
"As pessoas vão querer ver vocês em casa,
na escola, comprando roupas."
Ela parte um biscoito ao meio
e leva um pedaço à boca.
"Estou muito contente por ter vindo aqui."

Papai está sentado com as costas eretas, sacudindo um
  dos pés.
Ele prometeu se comportar
enquanto Caroline filma nossas vidas,
mas isso foi antes de sabermos
que ela ficaria tanto tempo aqui.
Ele pega o contrato
e o examina com os olhos vermelhos.
"Quer ver as duas fazendo xixi também?", ele questiona.
"Que tal no chuveiro?
As pessoas podem ficar curiosas."

Caroline não dá risada como nós,
que tentamos disfarçar o
mau humor do papai fingindo
que ele está brincando.

Ela sabe que ele não está.

"O banheiro fica de fora", diz Caroline.
"Mas vou segui-las por toda parte.
E vocês todos vão aparecer no filme.
Existe outra filha também,
acredito", ela comenta, falando de Dragon
como se fosse um cachorro que temos,
e não nossa irmã.
Mas já temos um plano
para tirar Dragon
da jogada,
porque ninguém vai
fazer da vida dela uma piada.

Papai folheia o contrato,
páginas e páginas de cláusulas e avisos
que nenhum de nós é capaz de decifrar.
Mamãe fica em silêncio.
Ela não quer fazer isso.
Ela sempre nos manteve
        escondidas
e seguras
e dá para ver que está com vergonha,
como se achasse
que está nos vendendo.

"Quando elas vão ser pagas?", pergunta vovó
sem um mínimo
de decoro.

Os olhos de Caroline brilham.
"Assim que o contrato estiver assinado",
ela responde,
        entregando a todos menos a vovó
canetas de plástico
que parecem simples
demais para uma tarefa como essa.

Nós assinamos.
        E devolvemos o contrato.

"Cinquenta mil dólares à vista", diz Caroline.
"Como vão querer?
Em cheque ou por transferência bancária?"

Vovó quase cospe a dentadura.

A careta do papai se desfaz.
"Em cheque", ele responde.
"Elas vão querer um cheque."

Preâmbulo

Caroline passa uma eternidade nos entrevistando
fora das câmeras:
        perguntas, e mais perguntas, e mais perguntas,
        que já ouvimos mais de mil vezes
        antes.

Poderíamos ser malcriadas,
        bocejar ou nos fazermos de ofendidas,
        mas o dinheiro ainda não caiu
        na conta.

A equipe

Caroline volta
com dois homens
de vinte e poucos anos.
"Esse é Paul", ela diz,
apontando para o cara de boné.
Virando-se para o outro,
de barba ruiva, apresenta:
"E esse é Shane.
Vamos ficar aqui por um bom tempo
então é melhor nos darmos
bem".

Espero um instante para
que Tippi se manifeste, mas ela fica calada.
"Claro", respondo.
"Com certeza vamos nos dar muito bem."

E, quando olho para Tippi,
ela está vermelha,
        quase roxa.

"Você gostou de um dos câmeras",
digo mais tarde
quando ficamos sozinhas.

"Não seja *ridícula*", ela diz,
abalada demais
para eu acreditar.

Para a Rússia, com amor

Pagamos a viagem de Dragon à Rússia
e
   ela vai embora em um ônibus cheio de bailarinos
                    para o aeroporto.

Acenamos e mandamos beijos,
      e ela põe a mão espalmada no vidro
         e depois a boca.

Ela levou
todos os tutus e
todas as sapatilhas que tem,
além de todos os gorros e luvas da casa
porque nós lemos sobre o
frio terrível que faz na Rússia,
onde a neve chega até a cintura
em alguns lugares.

"Não esqueça de voltar", Tippi disse
a ela,
      enquanto fechava a mala.

Dragon deu risada
sem olhar para nenhuma de nós,
porque, se tivesse a chance de ficar na Rússia,

só dançando para sempre,
tenho certeza de que
seria exatamente o que ela faria.

E eu não a culparia por isso.

Caroline não fica feliz

"Era para a sua irmã aparecer no documentário também.
Isso estava bem claro no acordo",
diz Caroline.

"Você pode desistir", Tippi rebate.
"Nós devolvemos seu dinheiro."

Tippi mantém o blefe,
como uma jogadora de pôquer
experiente.

Caroline não é páreo para ela.
"Tudo bem, mas chega de surpresas."

Uísque antes do almoço

Quando papai chega em casa,
vai se esgueirando pelo corredor,
tentando evitar as câmeras.

Só que vovó tinha deixado sua bola de boliche no caminho e
ele acaba
        indo ao chão como um
        palhaço.

Caroline dá risada.
"Não me diga que você resolveu tomar um uísque antes
do almoço",
ela diz.

Então vê o rosto dele
contorcido pela culpa
e provavelmente sente o cheiro do álcool.
"Ah", ela fala. "Hã, certo."
E seu sorriso desaparece.

A portas fechadas

    Só depois de cinco horas de
    conversa
    gritaria
    e choro
    com a
    porta do quarto trancada,
    mamãe e papai
    chegam a um
    acordo.

Reunião de família

Nós nos reunimos à mesa da cozinha para ouvir a notícia:
papai vai sair de casa.

Ele não consegue ficar sóbrio,
e a mamãe não quer que o mundo todo
o veja bêbado.

"Vou voltar quando Caroline terminar o filme",
ele conta,
como se essa fosse a solução mais sensata
e Caroline fosse o problema.

"Que tal largar a bebida?",
sugere Tippi.

Papai pisca algumas vezes e abraça uma almofada.
Ficamos à espera, observando
seu rosto
se transformar em um livro
        aberto
de desespero.
"Não consigo", ele diz.
        "Não sei como fazer isso."

Nós assentimos.
É a afirmação mais verdadeira
que ele faz em meses.

De partida

Papai não
vai buscar uma mala grande no sótão,
como aquela que Dragon levou para a Rússia,
com rodinhas e etiquetas
e a promessa de uma ida
a um lugar distante

e muito melhor.

Ele consegue enfiar tudo o que vai levar
em uma bolsa de lona vermelha.

Se alguém não soubesse que ele estava indo embora,
pensaria que estava indo à academia
para perder peso na esteira –
para correr quilômetros e quilômetros
sem chegar a lugar algum
e voltar para casa
suado e sorridente.

Mas o papai vai, *sim*, chegar a algum lugar.

Está indo embora
        para ir morar com seu irmão em New Brunswick.

Talvez eu devesse chorar,
mas, quando o papai fecha a porta
atrás de si,
as lágrimas não vêm –
só um suspiro profundo
e um sentimento agradável de alívio.

Melhor assim

"Seu pai *também* foi embora?", questiona Caroline.
Ela joga as mãos para cima.
"Sério?"

Nós encolhemos os ombros.

Paul e Shane piscam os olhos, confusos.

Caroline
coça a cabeça.
Em seguida põe as mãos nos bolsos.

"Bom.
Provavelmente é melhor assim."

Paul

Tippi derruba a mochila,
e Paul,
o câmera,
apanha para ela.
Tippi não olha para ele
quando diz:
"Obrigada".

Risada

Na Hudson Street,
um menino se desvencilha da mãe e
sai correndo,
com ela aos berros em seu encalço.
Não sei por que, mas isso me faz rir muito
e
não muito tempo depois Tippi está rindo também.

A câmera de Paul está voltada para nós,
com os raios de sol se refletindo na lente.

Caroline diz:
"Vocês riem bastante. É inspirador.
Mesmo nessa condição, vocês têm alegria de viver".

Mas não sei
o que fazer com a vida
a não ser vivê-la com alegria.

Eu deveria viver triste?

Nada disso.
Em vez disso, dou risada.
E Caroline se sente inspirada.

As irmãs Hilton

Com frequência somos comparadas a Daisy e Violet
 Hilton,
"Porque vocês são lindas",
Caroline diz,
com um suspiro.

Mas a beleza não rendeu nada para
Daisy e Violet
além de alguns pretendentes
rondando por perto na esperança de levar as duas para
 a cama
  – duas pelo preço de uma –
  e propostas obscenas do tipo
  imagina-vocês-duas-sem-calcinha-para-mim.

Elas nasceram em 1908 e foram vendidas como escravas
a uma parteira chamada Mary, que
mandou a dupla em uma turnê pelo mundo,
impressionando as plateias com sua voz
e seu talento para o saxofone
e com seu charme e sua alegria
  apesar da deficiência.

Na nossa idade, Daisy e Violet estavam entre
os artistas
mais bem pagos da época,
e talvez devêssemos seguir o exemplo delas,
ser menos reticentes em vender nossa presença e
mostrar nossa anormalidade:

"Venham ver, venham ver
a menina de duas cabeças
jogando badminton!"

Mas, como no caso da maioria dos gêmeos xifópagos,
a história das irmãs Hilton terminou em tragédia
quando o público perdeu o interesse
e elas foram deixadas na miséria,
passando sete longos anos
trabalhando atrás de um balcão
antes de morrerem lado a lado
por causa da gripe de Hong Kong.

Foram encontradas por uma pessoa da vizinhança
e enterradas com uma lápide que dizia
Amadas Gêmeas Siamesas,
como se essa fosse
a única coisa
a que se resumiam,
ou o que mais importava
para os outros.

Popularidade

Alunos que mal conhecemos,
alunos que nos evitaram desde o primeiro dia,
começam a se aproximar
quando ficam sabendo
que vamos filmar algumas cenas
do filme de Caroline na escola.

Os formulários de autorização são distribuídos,
e todos os alunos da classe
se oferecem para
dar entrevistas,
pedindo para participar –
para ter a chance de dar um depoimento
e mostrar ao mundo
como são liberais e generosos.

Mas Tippi e eu já dissemos a Caroline
quem deve
aparecer,
quem merece os holofotes,
e não vão ser aqueles
que passaram o tempo todo
nos ignorando.

Yasmeen e Jon
vão ser as estrelas.

Sempre rodando

Caroline e a equipe
nos seguem por toda parte,
com a câmera
sempre rodando
para não
perderem nada.

Estou acostumada a ser vigiada
e meio que parei de notar a presença deles

todas as manhãs
enquanto me arrumo,
enquanto Tippi e eu secamos os cabelos, amarramos os sapatos
e passamos manteiga nos bolinhos de manhã.

Às vezes fazemos coisas
absolutamente banais,
como varrer o chão da cozinha,
e Caroline fica de queixo caído,
fazendo questão de mostrar o quanto somos
fascinantes.

"Uau!", ela diz.
E em seguida repete:
"*Uau*".

Acho engraçado
que ela tenha nos pagado para fazer isso
e que
uma coisa tão tediosa
possa passar
na TV.

Um cartão-postal

Estou adorando aqui.
Só o que fazemos é DANÇAR!
Não me obriguem a voltar a Nova Jersey...
Com amor, Dragon
Bjs

Fim de novembro

Neve

As folhas marrons, amarelas e vermelhas do outono
se desfizeram em poeira.

O céu se abre
e a neve cai.

É inverno.

Colapso

Enquanto atravessamos o pátio para a aula
de francês,
é
Tippi quem desaba,
batendo com força no
cascalho
e
   eu caio por cima dela.

Caroline solta um suspiro de susto
e Paul derruba a câmera,
que vai ao chão com um estalo.

Espero alguns segundos.

Espero
que os olhos de Tippi se abram –
que ela mande Caroline sair de perto dizendo:

"Estou bem,
estou bem".

Mas as palavras não vêm.

Caroline puxa minha camisa.
"Ela está sem pulso.
Por que não consigo sentir o coração dela bater?",
    e
"Pelo amor de Deus, alguém chame uma ambulância!"

Shane telefona pedindo ajuda.

E a ajuda chega.

Somos levadas em alta velocidade pela
via expressa
na traseira de uma ambulância,
com fios presos ao nosso corpo
e um bipe-bipe como o de um alarme
de som de fundo.

Meu coração está disparado
enquanto espero.

Minha respiração se acelera
enquanto espero.

Espero
que os olhos de Tippi se abram.
Mas isso não acontece.

Porque desta vez

nós não estamos
bem.

Hospital

As paredes do quarto são brancas e limpas –
todos os sinais dos infortúnios do passado
foram esfregados com cloro.

As luzes são fortes e acima da TV
grande e silenciosa em um canto
existe uma pintura de um campo de papoulas.

Talvez a intenção seja transmitir tranquilidade,
mas por alguma razão
isso me faz pensar
em guerras,
em adolescentes correndo pelo campo ao amanhecer
e caindo mortos,
com uma poça de sangue se formando sob seus corpos.

Alguém aqui perto está chupando um pirulito,
e o som ecoa pelo quarto pequeno,
junto com a respiração silenciosa de Tippi.

Quero falar,
poder dizer que estou pronta para levantar e ir para casa,
se ela também estiver.

Mas estou tão cansada
que não consigo falar.

Fecho meus olhos e
        a escuridão me domina.

Na escuridão

Acordo de novo.
Os olhos de Tippi estão abertos e voltados para mim.
"O que está acontecendo conosco?", pergunto.

"Nós vamos sair dessa", ela responde
      e me abraça.

Exames

Mamãe, papai e vovó estão cochilando nas
poltronas quando um enfermeiro entra,
fazendo barulho com as solas de borracha no piso de
linóleo.

"Vamos lá, meninas!",
ele diz
com um sotaque forte de Jersey
e assobia enquanto
nos empurra pelo corredor na maca,
como se estivéssemos indo fazer as unhas
e não sendo conduzidas para uma sala de exames,
onde os médicos vão esquadrinhar nosso corpo e
arruinar nossa privacidade.

Cruzo os dedos das duas mãos para ter sorte,

      como se isso fosse capaz de alterar o resultado final.

A visitante

Fomos
transferidas para o Hospital Infantil de Rhode Island,
a mais de trezentos quilômetros de casa,
então Yasmeen e Jon
não têm como vir nos visitar.
Mas eles mandam mensagem milhões de vezes por dia
e mandam fotos
da Igreja,
deles bebendo, fumando,
fingindo que estão se matando,
o que nos faz rir
e nos sentirmos muito melhor.

Nossa única visitante,
além da mamãe, do papai e da vovó,
é Caroline Henley,
que vem todo dia
trazendo escondidas coisas que ninguém deixa
que tenhamos acesso,
como salgadinhos e refrigerantes.

Paul e Shane não vêm com ela,
que não faz menção
ao documentário
nem ao dinheiro que pagou para entrar na nossa vida.

Até quero ser mais desconfiada,
mas Caroline,
ao que parece,
gosta de nós.

Decência

"Não faz sentido", Tippi diz
quando Caroline abre a janela
para deixar sair o cheiro do bacon do café da manhã.
"Você pagou para ter acesso total e agora,
quando a coisa fica emocionante,
não quer nem uma entrevista.
Ninguém pode ser assim tão nobre."

Caroline pega um lenço de papel
na bolsa e assoa o nariz
com força.
"Eu não sou nobre", responde ela.
"Mas *sou* um ser humano."

"Um ser humano com muita decência", Tippi comenta
com um sorriso.

Eu

Mamãe chega trazendo um velho jogo de palavras cruzadas
e um saco de tangerinas.
"Cadê o papai?", pergunto.

Minha mãe aponta para a janela.
"Estacionando o carro", ela responde.
"Por quê? Pensou que ele estivesse no bar?"

Encolho os ombros.

Mamãe bufa.
"Pelo amor de Deus, Gracie,
já passou da hora
de começar a se concentrar
em você mesma."

Resultados

A porta do consultório do dr. Derrick se abre
e somos levadas para dentro em uma
        cadeira de rodas mais larga que as normais.

Seguro a mão de Tippi com força e espero pelo veredicto.

Mas o dr. Derrick não é tão direto.

Ele mostra imagens e gráficos
e fala
      e fala
           e fala,
fazendo explicações sobre as
ressonâncias, os ecocardiogramas,
os exames intestinais com contraste,
e todos os outros testes
a que fomos submetidas na semana.

Paro de escutar para observar um pássaro na árvore do
    lado de fora
saltando sobre o galho e

espiando
pela janela, nos observando
como um paparazzo.

Por fim, papai ergue a mão,
interrompe o dr. Derrick
e diz: "E o que isso tudo significa
para as minhas filhas?".

O dr. Derrick bate as pontas dos dedos no ritmo
do tique-taque do relógio na parede mais acima e responde:
"O prognóstico das duas juntas não é bom".

Ficamos em silêncio.
Ele continua.

"Grace desenvolveu uma cardiomiopatia
e Tippi está sustentando o corpo dela,
sustentando o corpo dela e um coração dilatadíssimo.
Não temos como corrigir o problema.
A única solução
no longo prazo
é um transplante.
Se não fizemos isso,
Grace vai piorar,
as duas vão,
até…"

Ele olha para um dos gráficos como se a resposta terrível
estivesse presente ali.

"Sou obrigado a recomendar a separação.
Poderíamos manter Grace estável com medicamentos e
um dispositivo ventricular até ela se recuperar.
Depois ela entraria na lista de transplantes."

Não sei como processar
tudo o que diz o dr. Derrick na minha cabeça
de uma vez só.

É muita coisa.
É coisa demais.
É mais do que eu poderia imaginar.
E é tudo culpa minha.
Tudo culpa do meu coração idiota.

"A separação nessa idade é perigosa e muito incomum",
continua o dr. Derrick.
"E tem seus riscos e suas desvantagens,
principalmente para Grace,
mas parece ser a única opção
que nos
restou."

Ele empurra os papéis na nossa direção –
com instruções passo a passo de como
criar
        um espaço
        entre
        duas pessoas
        antes de arrancar
            o coração de uma delas.

Minhas entranhas congelam.
Minha pulsação se acelera.
Minha cabeça gira.

"Não. De jeito nenhum.
Vamos tentar continuar juntas", diz Tippi.
"Você pode operar nós duas

e pôr um coração novo nela.
Ou fazer o que for preciso.
Não precisa nos separar primeiro.
Não me diga que precisa fazer isso."

O dr. Derrick continua impassível.
"Grace não pode receber o transplante se estiver junto
   com você.
Não podemos fazer nada para ajudá-la
com vocês duas unidas.
Usar só o medicamento
colocaria vocês em um risco muito grande."

Ele faz uma pausa para nos dar um tempo
para pensar no significado disso,
para contemplar nossa tragédia,
e bate as pontas dos dedos umas nas outras de novo.

Encaramos em silêncio o dr. Derrick, como se estivéssemos
diante de Deus.

Solto a mão de Tippi
e corrijo minha postura
porque o dr. Derrick está certo,
o problema sou eu,
eu e meu coração em processo de falência,
e a solução dele é adequada.

"Nós podemos arriscar", digo.
E respondo por nós duas: "Sim, vamos fazer isso".

Mamãe fica pálida.
"É melhor pensarmos e respondermos amanhã", ela diz.

"Ou depois", acrescenta papai.
"Quer dizer, o que foi que mudou?
Como tudo pode ter mudado?"

O dr. Derrick pisca algumas vezes.
"Quando eu falei com vocês da última vez
estava tudo bem.
Não havia motivo para preocupação.
Mas.
Eu acho...
Acho que foi a gripe que provocou isso.
Uma infecção viral é na maioria dos casos a culpada pela
cardiomiopatia.
Foi muito azar que o coração de Grace tenha reagido
assim."

O silêncio toma conta da sala outra vez.
O pássaro lá fora
        sai voando com as asas abertas.

E então é mamãe quem fala. Quer saber das probabilidades.
Quer que o dr. Derrick traduza em
números quais são as chances
de uma tragédia
acontecer.

"Acho que existe uma possibilidade de sucesso",
é só o que ele responde.

E eu sei o que isso significa.

Já li relatos a respeito.

Já li notícias em jornais antigos.

Quando gêmeos xifópagos são separados,
o caso é considerado um sucesso
quando um dos dois sobrevive.

Por um tempo.

E isso,
para mim,
é a coisa mais triste
que sei a respeito de
como as pessoas nos veem.

"Eu quero números", insiste a mamãe.
"Quero saber o que acontece se não fizermos nada."

O dr. Derrick suspira.
Ele fecha as pastas sobre a mesa
e se inclina para a frente.
"Se continuar assim,
as duas morrem."

Mamãe começa a chorar.
Papai segura sua mão.

"Com uma separação, elas têm esperança,
uma chance de resistir,
mas não posso dar um número.
Se pudesse fazer isso, seria baixo.
Seria muito baixo."

Mamãe choraminga
e papai em seguida também.

"Sei que não é uma boa notícia.
Mas vocês podem ir para casa.

Tirar um tempo para pensar.
Até lá, nada de escola. Vocês não podem fazer esforço.
Comam e durmam bem.
E nada de cigarros ou álcool",
diz o dr. Derrick.

Ele sorri de repente, fazendo parecer que
temos uma escolha
e anos para fazê-la,
mas eu sei,
no fundo,
que não temos.

O tempo já está
      se esgotando.

Grátis

Antes de irmos embora de Rhode Island
    enquanto nossas roupas sujas
      são guardadas em sacos plásticos transparentes,
o dr. Derrick
    põe a cabeça para dentro do quarto e pede para
falar com a mamãe e o papai de novo
    em particular.

Eles saem pálidos
    e voltam com os rostos
    crispados de preocupação.

"A equipe inteira vai trabalhar de graça",
mamãe nos conta,
"se vocês decidirem que é isso que querem."

Tippi e eu custamos uma fortuna para
nossa família,
mas o procedimento mais dispendioso de todos
      eles vão fazer de graça.

Não é preciso
fingir que se trata de generosidade:
todo mundo sabe que,
não importa o que aconteça,
uma operação como essa vai tornar os médicos
famosos,
e isso vale muito mais
      do que uns dólares a mais no banco.

O elefante no meio da sala

No caminho de volta, papai conta piadas sem graça
que já ouvimos antes,
mas rimos assim mesmo,
bem alto,
com medo do que precisaríamos conversar se ele
parasse.

Já seria difícil se fôssemos uma família unida e feliz,
como aquelas que vemos nos comerciais de
margarina.
Já seria difícil se não estivéssemos no hospital,

se estivéssemos voltando de uma viagem à praia,
contentes e com a pele bronzeada de sol.

Já seria difícil se não tivéssemos entendido que se fôssemos em frente
só teríamos uma perna, um quadril e ficaríamos presas a cadeiras de rodas
para sempre.
Já seria difícil se ninguém soubesse
que estou matando Tippi silenciosamente.

Mamãe aponta para o McDonald's. "Vamos almoçar?"

Geralmente eu reclamaria dos maus-tratos aos animais,
sobre as vacas mantidas em currais no meio da merda,
mas hoje estou envergonhada e fico em silêncio
quando Tippi lambe os beiços e fala sobre
os sabores de McFlurry.

Paramos no drive-thru
e comemos hambúrgueres fedorentos
e milk-shakes grudentos no carro,
com o trânsito rugindo ao redor
para não ouvirmos uns aos outros mastigar, engolir
ou respirar.

E, mesmo quando chegamos em casa e o papai faz café
(como se ainda morasse lá),
fingimos que está tudo perfeito
e que o elefante na sala fungando
no nosso cangote
não passa de um ratinho, com mais medo de nós
do que nós dele.

Um coração que bate por duas

Se fôssemos uma pessoa só,
eu poderia estar morta agora.

Em vez disso,
minha irmã carrega o fardo de me manter viva,
bombeando o sangue para os corpos de nós duas.

Em vez disso,
eu vivo às suas custas.

E ela
não reclama.

Um parasita

Ela me faz encará-la
segurando meu queixo com os dedos gelados.
"Estamos bem do jeito que estamos", ela diz.
E continua: "Somos feitas para viver juntas.
Se nos separarem, nós morremos".

Os lábios de Tippi estão ressecados.
Seu rosto está pálido.
Parece alguém que viveu
mais do que qualquer um
que eu conheço.

"Você acha que somos parceiras, mas na verdade
        eu sou um parasita", murmuro.
"Não quero sugar
        a vida do seu corpo."

"Ah, qual é, Grace", ela rebate,
"Essa história de *você* e *eu* é uma mentira.
Só o que existe somos *nós*.
Então
eu não vou fazer isso.
Você não tem como me *obrigar*
a passar por uma cirurgia."

"Mas eu sou um parasita", repito,
e na minha cabeça continuo
repetindo.
Parasita. Parasita. Parasita.
Só o que quero é salvar Tippi.

Se puder.

Dezembro

Bem-vindo

Caroline Henley está de volta.
"Vocês se incomodam?
Sei que é uma situação difícil",
ela diz.

Apesar do contrato,
ela não tentou filmar nada
nem entrevistar ninguém
por mais de duas semanas.

Ela provou que não é como os paparazzi.
Ela provou que não vai filmar
nossa vida e transformá-la
em uma história sensacionalista,
e sim tratá-la com carinho
e construir seu filme
a partir da
verdade.

Portanto Caroline é bem-vinda –
ela pode nos filmar,
          mostrar nossa decisão
e aqueles
que podem ser
os últimos meses da
nossa vida.

As coisas que conto à dra. Murphy

"Sabe como é,
eu passei tanto
tempo tentando convencer todo mundo
de que tenho minha individualidade,
de que Tippi é minha irmã gêmea
mas não me define,
que nunca pensei de verdade em como seria se nós
não estivéssemos juntas,
que
perdê-la seria como
deitar em um crematório
e esperar as chamas.

Ela não é uma parte de mim.

Ela sou eu
e sem ela
haveria
um espaço vazio
no meu peito,
um buraco negro em expansão
que nada seria
capaz de
preencher.

Sabe como é?

Nada mais seria capaz de preencher esse espaço."

A dra. Murphy se recosta na cadeira.
"Finalmente você está se abrindo",
ela comenta.

Pois é.
Durante todos esses anos
ela não acreditou
nem um pouco no meu papo-furado.

Pondo tudo em dia

Apesar de ser sábado
e Hornbeacon estar fechada,
e de a mamãe não querer nos perder de
vista,
vovó nos leva a Montclair, onde
Yasmeen e Jon nos encontram na frente da escola.

Yasmeen está com uma pilha de papel nos braços,
de cara fechada,
nos encarando.
Seu cabelo não está mais rosa,
e sim azul,
com a franja caindo sobre os olhos.

Jon está logo atrás,
piscando os olhos contra o sol,
com um papel prateado de chiclete preso no tênis.

Com cautela, eles vêm até nós e ficam imóveis.

"Vocês têm muito o que fazer", avisa Yasmeen.
"Não sei nem se vão conseguir pôr tudo em dia antes
do fim do semestre."

Ela empurra uma pilha pesada de papel
contra o peito de Tippi.

"Nós não vamos voltar.
Pensa que vamos passar nossos últimos dias
aprendendo a conjugar verbos em francês?", rebate Tippi,
jogando para o alto os papéis coloridos, que
vão
caindo como confetes gigantes
e se espalhando pelo chão.

"Você é tão dramática", comenta Yasmeen,
revirando os olhos semiescondidos.
"Então o que vocês querem fazer?
Pelo menos já têm uma lista de últimos desejos?"

Caroline limpa a garganta atrás de nós.
"Estamos filmando", ela avisa.

"E daí?", rebate Tippi,
e vamos todos para a Igreja.

Últimos desejos

Sentadas em um tronco,
Tippi e eu fazemos nossas listas,
com os ombros afastados,
escondendo as palavras com as mãos.
Mas não consigo pensar em muitas coisas:
    1) *Ler* Jane Eyre
    2) *Ver o sol nascer*
    3) *Subir numa árvore*
    4) *Beijar um garoto – pra valer*

Tippi olha por cima do meu ombro.
"Ouvi dizer que *Jane Eyre* é chatíssimo",
ela comenta
e entrega sua lista.
O que ela escreveu foi isto:
    1) *Parar de ser uma chata.*

"Isso vai levar um bom tempo",
digo a ela.

"Assim como o seu número quatro", ela rebate.

Fácil

Yasmeen passa a unha pintada pela minha lista.
"Argh", ela diz.
"Você não poderia ter colocado também alguma coisa

legal como
correr pelada pelos corredores da escola
ou ser chicoteada por um palhaço anão?"

"Ela já fez as duas coisas",
Tippi responde,
e eu rio muito, muito alto,
torcendo para que Jon não veja minha lista
e *ao mesmo tempo* torcendo para que veja.

"Você nunca subiu numa árvore?",
questiona Yasmeen,
e logo depois acrescenta:
"Jon, você precisa beijar a Grace".
Ela empurra a minha lista para a mão dele
como uma intimação judicial.
"E emprestar esse livro idiota para ela."

"Ele não precisa fazer nada", murmuro.

Jon passa os olhos pelo papel
e apaga o cigarro.
Ele morde o lábio inferior.
"Eu tenho uma cópia antiga de *Jane Eyre* que posso dar
    para você.
Levo lá na sua casa depois", ele diz.

"Ah, pelo amor de Deus, um beijo é só um beijo",
diz Yasmeen.

Mas ela está enganada:
um beijo de Jon
seria

Tudo.

Pesadelo

Na biblioteca pública perto da Church Square Park,
onde Tippi e eu pegamos filmes de graça,
uma menina com um iPhone
bufa e suspira.
"Meu celular está sem sinal. Não consigo conectar nem o wi-fi.
Que *pesadelo*",
ela diz à amiga,
balançando o telefone no ar,
tentando pegar um fluxo mais constante
de conectividade no ar.

Não é engraçado as coisas com que as pessoas se
 preocupam
quando está tudo bem na sua
vida?

Eu me desligo

Shane está gripado
e não pode nem chegar perto de nós,
então quando Caroline se ocupa
com telefonemas
ou fazendo entrevistas,
Paul é o único
que continua nos seguindo.

Sempre que posso,
tento ficar invisível.

Ponho os fones nos ouvidos
e
    me desligo.

Tento
o máximo possível
proporcionar a Tippi
um pouco
de tempo com
ele.

"Eu sei o que você está fazendo",
ela comenta.
"Mas não é como você e Jon.
Não é nada."

"Mas pode virar alguma coisa",
eu respondo.

"Olha bem para mim, Grace", rebate Tippi.
"Vê se eu tenho cara de quem
se interessaria por um
moreno?"

Ela dá risada.
E eu também.

Substituição

Tia Anne traz Beau, nosso mais novo primo,
para uma visita.
Ele só sabe babar e resmungar,
mas nós brigamos para saber quem vai segurá-lo,
quem vai trocar sua fralda ou
dar sua mamadeira.

Tia Anne boceja e diz:
"Todo mundo fica perguntando quando vou ter o próximo.
Mas estou tão cansada".

Mamãe dá uma risadinha e esfrega de leve as costas da irmã.
"Com o tempo fica mais fácil. Logo eles começam a dormir a noite
toda."

Tia Anne fecha os olhos.
"Uma amiga minha me disse para ter outro filho
caso aconteça alguma coisa com Beau.
Não gosto nem de imaginar."

As mãos da mamãe ficam imóveis.
O bebê resmunga, sentindo que nossa atenção se
desviou dele.
"A dor de perder um filho
não passaria só porque você tem outro",
responde a mamãe.

"Não existe substituição."

Filme

Caroline deixa as câmeras no nosso quarto
todas as noites
para não precisar levá-las e trazê-las
quando vai e volta de Nova York
todos os dias.
Elas ficam sobre a nossa escrivaninha e não prestamos atenção
nelas,
mas
então me lembro de que a equipe está filmando
todo mundo.

Aperto um botãozinho verde na lateral
e assisto.
Nós assistimos.
E vemos os rostos contorcidos da mamãe e do papai
quando Caroline pergunta baixinho:
"Vocês acham que Tippi e Grace
deveriam ser separadas?".

Papai olha para baixo.

"Eu quero que elas sobrevivam", responde a mamãe.
"Os pais não deveriam ter que enterrar um filho
e muito menos dois.
Mas a decisão é delas.
Depende delas."

Nós vemos
mamãe chorando diante da câmera
e pedindo para Caroline desligá-la,

e em seguida nos encaramos,
pensando exatamente a mesma coisa.

Isso não diz respeito somente a nós.

Sem voltar atrás

Na aula de redação aprendemos a escrever fazendo
rascunhos e correções
até deixar o texto claro e cristalino
como água filtrada.
Na aula de matemática aprendemos a
revisar os cálculos
para garantir que todos os números
estejam corretos.
E na aula de música ensaiamos
as canções várias vezes,
experimentando diversos arranjos
até o sr. Hunt se dar por satisfeito.

Mas quando mais importa,
quando se trata de uma questão de vida ou morte,
como se devemos ser cortadas
                      ao meio ou não,
não existe como aperfeiçoar o processo
e só temos
uma escolha
    e
uma chance
       de acertar.

Obviamente

Encontramos o dr. Derrick para comunicar nossa decisão,
e ele fica em silêncio por alguns minutos,
com o rosto impassível,
sem demonstrar a empolgação que imaginávamos
ver,
sem se deixar seduzir pelos riscos envolvidos,
e eu me pergunto se nós não o subestimamos.
"Vou dar início ao planejamento", ele anuncia.
"É uma intervenção de grande porte, não pode ser feita
do dia para a noite.
Mas também não podemos esperar muito tempo."
Ele olha direto para mim.
"Obviamente, não podemos esperar muito tempo."

O telefonema

Yasmeen liga para nós depois da meia-noite.
"Podem ficar tranquilas.
Jon e eu planejamos tudo.
Nas férias de fim de ano vamos fazer uma viagem.
Meu tio tem uma casa em Montauk.
Vai ser demais."

Tippi e eu sorrimos.

"Nós topamos", respondemos juntas.

Mamãe gostando ou não

Mamãe é absolutamente
cem por centro contra
nos deixar chegar ao menos perto de
                    Long Island.
"Pensam que eu vou deixar vocês saírem vagando pelo país
com o coração prestes a parar a qualquer momento,
sem supervisão alguma de um adulto?
Vocês não me conhecem?
Não mesmo?",
mamãe pergunta.
Ela contorce os lábios.

Mas os lábios de Tippi se contorcem ainda mais.
"Sei que você está preocupada. Nós não queremos isso.
Mas não estamos negociando.
Nós vamos, você gostando ou não", diz Tippi.
"Vamos para Long Island com nossos amigos
e não tem nada que alguém possa dizer para impedir."

A viagem

Mamãe fica o tempo todo na internet,
carregando as páginas
        de novo e de novo
               à procura de notícias sobre

          o clima ou
              acidentes de trânsito em Long Island,
qualquer coisa que possa
nos impedir de ir
Ela remexe dentro da bolsa a cada poucos minutos
e tira coisas de lá,
como lenços de papel e pastilhas para tosse,
que "podem ser úteis na viagem".
Ela anda de um lado para o outro.
Ela olha no relógio.
Ela atualiza as páginas de novo.

Papai veio passar o fim de semana.
Está fazendo risoto,
vigiando a panela e mexendo sem parar.
"Tenta não se preocupar tanto", ele diz para mamãe,
que revira os olhos atrás dele,
como quem diz:
      E você lá sabe de alguma coisa?

Ao que parece ele não bebe há dez dias,
diz que está frequentando um grupo de apoio e,
apesar de Tippi e eu não nos animarmos muito,
vemos que a mamãe está gostando dessa normalidade do
    papai,
rindo de suas piadinhas e se deleitando com seus jantares
exagerados.

"Na verdade acho muito injusto não deixar Caroline
ir também",
diz mamãe.
"Trato é trato.
Como fica o filme sem nenhuma imagem da
viagem?"

Caroline está folheando um álbum de fotos antigo,
escolhendo imagens para escanear.
"Por mim tudo bem, na verdade", ela responde.
"Paul vai tirar uns dias de folga
para visitar o irmão em Boston,
e o coitado do Shane ainda está mal
por causa da gripe."

"Legal",
respondo
tentando não sentir raiva
de Shane
ou das milhares de outras pessoas
cujos corações continuam batendo normalmente
depois de uma simples infecção viral.

Um carro buzina,
e o papai leva nossa mala até o meio-fio, onde Jon
a coloca no porta-malas do carro.
Nós ajustamos o cinto no banco traseiro.
e nos despedimos da mamãe, que assume
o lugar em que geralmente ficamos na janela,
e sei que vai ficar por lá até voltarmos.

Papai volta lá para dentro.
Jon se acomoda no assento do motorista e olha para nós
pelo retrovisor. "Vocês trouxeram a bebida?", ele
pergunta.

Pego nossa bolsa de lona e Jon se debruça para trás
para
ver as cervejas, o vinho e a vodca
que pegamos do estoque do papai
na cozinha.

"Vocês são demais", ele diz. "Agora vamos lá."

Uma parada

Só estamos na estrada há uma hora quando Yasmeen
anuncia que está com fome,
que quer ir ao Burger King
ou algum lugar igualmente nojento
para ajudá-la a se manter acordada enquanto encaramos o
trajeto de três horas.
Jon para em um posto de serviço
e Yasmeen desce do carro.

Jon liga o rádio e pega uma cerveja
da bolsa,
        abrindo a tampa.
"Vocês vêm?", Yasmeen pergunta.
"Não estão a fim de matar um hambúrguer?"

Tippi abre a porta e começa a me puxar para fora.

Mas eu não quero ir a lugar algum.
Quero ficar sentada no carro com Jon,
dividindo com ele uma cerveja que não deveria beber
e ouvindo rádio.

"Vamos lá", diz Tippi. "Hambúrguer."

Eu me mantenho imóvel.

"Algum problema?", Tippi pergunta.

        "Não", respondo.

"Então vamos", ela repete.
"Você também, Jon."

Ele faz que não com a cabeça.
"Para mim a cerveja e o rock já bastam.
Mas não esqueçam de trazer Coca-cola pra vodca
depois de comerem sua deliciosa
carne de gado da Amazônia."

Yasmeen mostra o dedo do meio para ele
e segura a mão de Tippi.
"Vê se não bebe mais nenhuma além dessa", ela
diz a Jon,
e de repente meu corpo está
fora do carro, e depois no estacionamento,
e depois esperando uma mesa,
e depois comendo batatas fritas,
e depois pagando a conta.

Eu registro a informação de que
estou no restaurante
com Tippi e Yasmeen,
mas durante todo o tempo
minha mente está com Jon –
com sua nuca,
as linhas de seu pescoço,
seu cheiro,
sua voz.

Seu tudo.

O pardieiro

A biblioteca tem pilhas que chegam até o teto de revistas de arte
e livros tão amarelados e ressecados que pareciam prestes a se partir no meio se fossem abertos para ser lidos.
O banheiro não tem lâmpada, e o mofo se acumula nos cantos
do chuveiro e se espalha pelas paredes.
A cozinha está coberta de pontinhos escuros de fezes de ratos
e insetos mortos.

No andar de cima
      Yasmeen e Jon
      rearranjam os móveis,
         e trazem uma cama de casal com
um colchão bem gasto para o quarto maior, para que
duas camas de solteiro
possam ser juntadas
contra a parede, formando uma única e enorme
      cama para quatro.
A janela coberta de teias de aranha é limpa com o punho do casaco de Yasmeen.
Jon varre o chão.

Ligo um aquecedor e nós nos juntamos ao redor do
    aparelho,
com o nariz vermelho
e as mãos debaixo do braço.

Aqui não é como as outras casas de temporada
que vimos ao atravessar os Hamptons,
mansões com fachadas brancas, colunas e fontes
de um azul cristalino,
mas o lugar é só nosso por três dias,
então os insetos, a tinta descascando e
os canos enferrujados não são problema algum
para mim.

Na cama

Tippi se deita no ombro de Yasmeen.
Eu fico ao lado de Jon.

À luz de velas, ele lê *Ulisses* em voz alta,
palavras melodiosas,
com uma ou outra preciosidade irreconhecível
brilhando na semipenumbra.
"*Uma dor, que ainda não era a dor do amor,
agitou seu coração*", ele lê,
mas, quando vê que Tippi e Yasmeen estão de olhos
fechados,
se interrompe e fecha o livro.

Ponho a mão sobre e sua.
Ele me olha nos olhos.
"Continue lendo, por favor", imploro,
        e ele faz isso.

Por longas horas noite adentro
ficamos os dois, sozinhos,

com a voz de Joyce pairando entre nós.
"É lindo o jeito como você lê", digo a ele.

"E amanhã à noite é sua vez",
ele diz.

O livro se fecha com um som suave.
A vela é soprada.
Jon aninha o corpo junto ao meu
e sinto sua respiração no meu rosto.

"Boa noite", ele murmura
e em questão de minutos está dormindo
ao meu lado.

Ao farol

Com os olhos pesados e morrendo de frio,
acordamos no escuro e
descemos as escadas de meias
para fazer uma
pilha de panquecas,
que comemos com
tanto xarope doce
que meus dentes doem.

Pescadores com roupas impermeáveis estão de pé sobre
    as rochas,
cercados pelo oceano Atlântico –
que borbulha na costa como
um refrigerante sacudido.

E quando eles vão embora,
carregando baldes de animais marinhos comestíveis,
um raio de luz permeia a manhã.

O céu fica mais claro, deixando de lado a escuridão.
O horizonte assume uma coloração rosada.

"O nascer do sol", comenta Tippi.
"Isso me faz querer acreditar em Deus."

"Eu também", responde Yasmeen.

E ninguém mais diz palavra alguma
até o sol virar uma bola laranja no céu
e nossa bunda ficar dormente
por passarmos tanto tempo sentados.

Nadar sem roupa

Nadar sem roupa não está na lista de desejos de nenhuma
    das duas,
mas Yasmeen diz que está na dela,
então é isso que fazemos.
Não no mar agitado,
onde as ondas estão altas e ameaçam
raptar qualquer um que seja tolo o bastante para mergulhar lá,
mas na piscina de uma vizinha.
"Deve ser aquecida, por isso ela deixa cheia
mesmo no inverno",
Yasmeen diz.
"Mas ela só vem nos finais de semana.
A gente tem o dia todo."

Andamos até a lateral da casa com fachada de madeira
e tiramos a lona que cobre a piscina.
Folhas flutuam sobre a água
como verduras em uma sopa rala.
Mesmo antes de Jon terminar de recolher as folhas com
    a redinha,
Yasmeen já está só com o sutiã roxo e a calcinha rosa,
com o pé dentro da água.
E então ela tira a roupa íntima
e
        mergulha
            como uma águia
no lado mais fundo, e emerge gritando
e toda roxa.

Em seguida Jon tira a camiseta e a calça.
Desvio o olhar
e só olho de novo quando ouço seu corpo
se jogar na água
e os palavrões que saem da sua boca
como preces desesperadas.

"O que você acha?", pergunto a Tippi.
Ninguém a não ser nossos pais e médicos nos
viram
sem roupa antes,
e estou apavorada só de pensar
em como devo parecer para os outros,
só de pensar que alguém possa ficar
enojado
caso
nos veja
totalmente nuas.

"Qual é a pior coisa que pode acontecer?", questiono,
de repente pensando na nossa saúde,
                    nos nossos corações.

Em seguida tiro o casaco.

Nuas,
nós entramos com os pés primeiro na piscina
e gritamos quando o frio penetrante como agulhas
     agride nossa
pele.

Jon comemora e nada para mais perto.
"Refrescante, né?", ele comenta.

E, quando estamos prestes a sair,
Yasmeen grita e aponta para a casa,
onde há um rosto junto à janela,
absolutamente boquiaberto.

"Vamos *embora*!", berra Yasmeen.

Com gestos desajeitados saímos da piscina,
pegamos nossas roupas e nos cobrimos
com os casacos da melhor maneira possível
antes de atravessar o gramado
e
voltar para a casa em que estamos.

"A cara que ela fez foi impagável!", Yasmeen comenta,
abrindo a porta do pardieiro.

Um rato sai correndo para debaixo do fogão
e ninguém sugere uma ratoeira para matá-lo.
Simplesmente abrimos a porta da geladeira
e pegamos quatro cervejas.

Já chega

Mamãe manda uma mensagem.
Estão se divertindo?

E depois outra.
Estão vivas?

E mais outra.
Estou preocupada.

E por fim.
Vou avisar a polícia.

Então eu escrevo de volta pedindo para ela
parar com as mensagens.

Número quatro

Jon e eu somos os últimos a dormir de novo.

Depois de ler por uma hora,
ele fica olhando para o teto e diz:
"Fiquei mal sobre o que aconteceu
quando você me mostrou sua lista de desejos".

Finjo que não entendi o que ele quis dizer.
"Terminei de ler *Jane Eyre*.
E adorei o sr. Rochester.

Acho que é disso que Tippi e eu precisamos.
Homens cegos que perderam tudo na vida."

Tento dar risada,
mas não consigo.

Jon se senta
e acende um cigarro.

"Grace...
            ...o lance é que..."

Eu o interrompo.

"Eu entendo.
Entendo mesmo.
Eu sei como é a minha aparência
e como isso afeta a minha vida."

Ponho a mão no local onde Tippi e eu somos unidas,
onde os médicos planejam colocar expansores de tecido
que vão fazer nossos corpos parecerem
cobertos de formigueiros.

"Não consigo explicar como me sinto", ele diz.
"Leio um monte de livros
cheios de palavras,
mas não tenho nenhuma para dizer.
Não sei o que está acontecendo
dentro de mim.
Não consigo explicar."

Ele apaga o cigarro em um prato sujo,
põe um chiclete na boca e
apaga a vela.

Ele chega mais perto
e encosta sua testa na minha.

"Ah, Grace", ele diz
e segura meu rosto entre as mãos.

"Jon", eu murmuro,
e
então
sua boca está colada à minha,
sua língua com gosto de chiclete de melancia
abre meus lábios
e ficamos nos beijando – com a respiração acelerada,
e beijando – coração disparado,
e beijando e beijando
e só o que consigo fazer quando ele para
é respirar fundo
e dizer:
"Não sei o que está acontecendo dentro de mim também."

Melancia

Quando acordo ainda sinto o gosto de melancia
da boca dele.

Depois que escovo os dentes o sabor desaparece, então
peço um chiclete para Jon
e fico o dia todo
com o gosto
do beijo dele
na boca.

Esquisito

"Ele me beijou ontem à noite", cochicho para Tippi
quando ficamos sozinhas.

Ela me olha de lado
como se eu tivesse oferecido um sanduíche de ovo podre.
"Se Jon está mesmo interessado em você,
ele é bem esquisito.
Você sabe disso, né?"

Olho para as pernas que nós dividimos.
"Pensei que você estivesse tentando parar de
ser uma chata", respondo.

Ela sorri.
"Essa sou eu tentando."

Planejamento

Yasmeen lambe a ponta do lápis, encontra uma
página em branco
no caderno
e espera Tippi e eu passarmos as instruções para nosso
funeral,
para um individual e um conjunto também,
só para garantir.

Jon foi até o mercado comprar salgadinhos.
Ele não quer ouvir nada disso.
Diz que não consegue.

Yasmeen é a única pessoa que vai
ouvir
e promete registrar nossas vontades
sem nos acusar de sermos
mórbidas
nem chorar só de pensar em nossa partida.
Ela é a única pessoa que, como nós,
é obrigada a lidar com a perspectiva da morte desde que
    nasceu.
Isso não a assusta.
Não muito,
        pelo menos.

"Música?", Yasmeen pergunta, e sem hesitação
Tippi responde:
"Várias da Dolly Parton para mim.
'I Will Always Love You'
é uma boa.
Gosto de 'Home' também."

"Olha só, eu gosto da Dolly tanto quanto qualquer um,
mas tem certeza de que é *isso* que quer no seu enterro?",
Yasmeen pergunta.
Ela usa as mãos para desenhar a silhueta
de Dolly no ar.

"Se as pessoas ficarem pensando nos peitos da Dolly,
não vão ficar
pensando em mim", responde Tippi.

"E nada de hinos religiosos", acrescento. "Não quero
    nada disso.
Deus não está convidado para o nosso enterro."

Yasmeen concorda e faz uma anotação no papel.
"Alguma coisa satânica, então? Sem problemas."

Enfiamos castanhas de caju na boca
e Yasmeen continua alegremente.
"Caixões. Individuais ou para duas?"

"Para duas", respondemos juntas sem pensar,
pois o que mais faria sentido?

"A não ser que uma de nós sobreviva. Nesse caso,
seria melhor um individual", explica Tippi,
soltando uma risada de divertimento.

E nós continuamos.

Planejamos as cerimônias de despedida e os enterros,
e quando terminamos
Yasmeen mexe no celular até encontrar uma música
da Dolly Parton,
e nós cantamos
enquanto Yasmeen dança
pela cozinha,
repetindo o refrão de "Jolene" sem parar,
como se fosse a canção mais alegre do mundo.

A promessa

Apesar dos avisos do dr. Derrick,
nós nos sentamos na praia à noite,
fumando charutos e bebendo

garrafinhas de gim
em torno de uma fogueira
acesa na areia.

"Estou bêbada", Tippi diz,
caindo para trás
e me levando consigo.

Olhamos para a lua semiescondida,
com a cabeça girando,
e sem pensar muito a respeito
pergunto: "Promete continuar vivendo
sem mim, se eu não sobreviver?".

O mar para de rugir.
A fogueira cessa seus estalos.

"Eu prometo me casar com Jon", Tippi responde,
com uma risadinha,
me fazendo cócegas com os dedos.

"É sério", insisto.

Tippi me faz sentar e toma mais um gole de
gim.
"Eu prometo, se você prometer também."

"Eu prometo", respondo
e dou um beijo nela.

Última noite

"Preciso confessar uma coisa", diz Jon
na escuridão.

Eu cerro os punhos
e me preparo para o pior.

"Não faço ideia do que James Joyce quis
dizer com esse palavrório todo", ele admite.

Eu relaxo.

"Eu também não", respondo.
"Mas gosto mesmo assim."

"Pois é", ele concorda.
"Não é engraçado que uma coisa tão
abstrata consiga mexer tanto com a gente?"

Ele segura minha mão e só solta
de manhã.

A volta

Sapatilhas de ponta estão penduradas pelas fitas no
armário.
Polainas grossas estão penduradas no aquecedor.
"Tem alguém em casa?", grito.
"Dragon?"

Ela sai do banheiro
e nos envolve com os braços finos.
"Que *saudade*", ela diz.
"Trouxe umas bonecas russas para vocês. Lá custa bem barato.
E tenho um namorado novo. O nome dele é Peter.
Ele é moscovita."

"Desculpa termos feito você voltar",
eu digo.

Dragon sacode a cabeça.
"A Rússia é um gelo, e Peter já estava querendo transar.
Melhor voltar para casa.
Além disso, não é todo dia que
irmãs xifópagas se separam.
Queria estar aqui quando…"

Ela sai correndo e volta com as bonecas
russas.

Tiro a primeira boneca e depois a segunda.
Camada após camada, ela continua igual:
um círculo vermelho perfeito nas bochechas, olhinhos pretos,
e descobrir as
versões menores
        não revela mais nada.

"Você está procurando uma associação, não é mesmo?",
diz Dragon.
Ela pega as bonecas e
põe uma dentro da outra de novo.
"A questão por trás delas é a maternidade.
Não tem nada a ver com *vocês*."

Tippi dá uma risadinha.
"Mas Grace é do tipo que pensa que
tudo tem a ver conosco."

Natal

Penduramos luzinhas na macieira do quintal.
Exageramos na dose de peru recheado.
Compramos presentes.

É Natal,
afinal,
e no fim das contas
não somos
diferentes
de qualquer outra família.

Nova pele

O dr. Derrick nos apresenta um cara novo:
o dr. Forrester, um especialista.
É ele quem enfia os expansores de pele
– balõezinhos cheios de solução salina –
sob nossa pele para esticá-la
e termos tecido suficiente para cobrir
as feridas da separação
quando a hora chegar.

Ficamos acordadas durante o procedimento,
com anestesia local,
piscando contra as luzes fortes e
vendo os enfermeiros e médicos
circulando ao redor,
com os narizes e as bocas escondidos atrás das máscaras
cirúrgicas.

Horas depois,
Tippi geme e eu me agarro aos lençóis
para não começar a gritar.
"Precisamos de um remédio para dor", Tippi murmura,
apertando o botão para chamar alguém da enfermagem.

Meu corpo lateja e queima.

E esses expansores de pele são só o começo.

"Daqui a pouco vai parecer que vocês estão cobertas de
tumores gigantescos",
o dr. Forrester diz na manhã seguinte,
com baba seca nos cantos da
boca.
"Mas vai ser por pouco tempo.
E vocês podem ir para casa enquanto os dispositivos agem."

Sem pedir nossa permissão, ele aperta
as
incisões
– nas nossas barrigas, costas e laterais –
e fica claro para mim
que não somos mais
donas dos nossos corpos:
nós os colocamos nas mãos desses homens e dessas mulheres
que vão nos inflar e

nos moldar
e nos partir no meio
sem parar para perguntar:
Vocês têm certeza?

Jon

Eu sei que
ele   não quer estremecer quando
ele   encosta no calombo na lateral do
meu corpo quando os expansores de tecido estão inflando.

Mas
ele   estremece, *sim*,
ele   não consegue evitar, e percebo pela primeira vez que
ele   não é perfeito.

E
eu   fico com raiva dele por isso.

Janeiro

Um desperdício

Esperamos que nossa pele estique
e que os médicos tomem todas as providências.
Só o que podemos fazer é
esperar
e ler
e ver TV
e obedecer
à enfermeira
que vai à nossa casa todos os dias
para ver se não estamos exagerando.

E eu começo a pensar
que toda essa espera,
só ficar esperando,
é um grande desperdício
dos últimos momentos
da nossa vida.

Roupas

De uma forma ou de outra,
em pouco tempo não vamos
precisar mais usar as
saias e calças extragrandes,
sem falar das calcinhas gigantes
que usamos desde que aprendemos a usar o banheiro.

Então, apesar de a dor ainda incomodar um pouco
por causa dos expansores de pele,
passamos um tempo
tirando dos armários
tudo o que não vamos poder usar
quando formos duas,
segurando uma calça de moletom laranja
e nos questionando por que compramos aquilo
para começo de conversa.

"Precisamos fazer umas compras", eu digo.
Tippi gira
        o anel de prata no
indicador direito
        sem parar.
"Não", ela responde. "Melhor esperar.
Melhor esperar
para ver o que vai acontecer."

Várias

Eu rearranjo as bonecas russas,
colocando-as
lado a lado
mas
        fora da ordem,
afastando-as
        e as juntando outra vez,
escondendo uma dentro da outra.
E não importa que Dragon diga
que a questão aqui não somos eu e Tippi;

toda vez que pego a décima,
a miudinha que fica no centro de todas,
pequenina e insignificante como um grão de arroz,
me vejo com vontade de
        jogá-la no lixo
        para ver como
        o resto das bonecas
        fica
        sem ela.

Que tal essa associação?

O mundo fica sabendo

Enfim
somos internadas no hospital
para monitorarem nossa saúde
e
de alguma forma o mundo logo fica sabendo
que estamos aqui
e descobre
o que pretendemos fazer.
A mídia
acampa
do lado de fora do pronto-socorro
em meio à neve e chuva
como fãs histéricas de uma boy-band esperando
ingressos para um show
ou uma visão de seus ídolos.

Tippi e eu vemos a multidão crescer
        do alto do quinto andar,

mas a única pessoa com quem falamos é Caroline,
que prefere não nos seguir mais por toda parte
e se concentra em entrevistar os médicos
ou nossos pais,
nos deixando praticamente sozinhas
para ver televisão e comer o iogurte desnatado
da cantina do hospital.

A pedido do dr. Derrick

A dra. Murphy vem me visitar em Rhode Island.
Ela está usando um terninho azul-marinho
e óculos de aros grossos,
parecendo tão séria e severa que
sei que o dr. Derrick deve ter
dito que
não temos muita chance
de sobreviver.

"Então…", ela diz,
cruzando as pernas
e pondo as mãos sobre o colo.

Nós nos encaramos.

O ponteiro maior do relógio se move depressa.

"Ela vai ficar bem sem mim", eu minto.

A dra. Murphy assente.
"E como você ficaria sem ela?"

"Ficaria sem chão", respondo.
"Desapareceria.
Mas não é isso que vai acontecer."

"Provavelmente não.
Mas precisamos nos preparar para qualquer coisa."

Sinto vontade de usar minhas unhas
para fazer arranhões profundos no rosto da dra. Murphy.
Quero bater com a cabeça na barriga dela
e fazê-la gritar de dor.
Quero gritar *Fora daqui, caralho*
e *Me deixe em paz*
e *Pare de me fazer imaginar o futuro.*

Mas não faço isso.
Baixo a cabeça.
E falo olhando para o colo.
"Estou apavorada."

Pela primeira vez,
a dra. Murphy se inclina para a frente
e segura uma das minhas mãos.
Até Tippi se vira para olhar.

"Estou apavorada também",
diz a dra. Murphy.

O poder do conhecimento

O dr. Forrester examina nossa pele onde os
expansores de tecido
fizeram a lateral do nosso corpo inchar.
"Está uma beleza, meninas", ele comenta,
apalpando os calombos.
O que as outras pessoas se arrepiam em ver
faz o dr. Forrester sorrir,
o que diz
muita coisa
sobre o
poder do conhecimento.

Aspectos mecânicos

O dr. Derrick explica o procedimento uma dezena de vezes,
com bonecos e gráficos.
Apenas a separação em si vai levar dezoito horas
e então vão pôr o dispositivo ventricular em mim
e injetar as drogas para me manter
viva.
Nós duas vamos ficar em coma induzido por pelo menos
    uma
semana
para evitar as dores
da recuperação.

Se eu acordar…
Se eu sobreviver…
Vou entrar em uma lista.

Vou entrar na lista de transplante de coração e esperar
como um abutre faminto que
uma tragédia se abata sobre outra família.

Quanto mais ele explica,
mais me parece uma coisa mágica.

Tipo,
como eles vão conseguir reconstruir nossa parte de baixo
para termos dois corpos separados?
Compartilhamos a maior parte
dos intestinos,
mas o dr. Derrick diz que isso não é problema.
Compartilhamos nossas partes íntimas,
mas o dr. Derrick diz que vai deixar essas partes
para Tippi e
se concentrar em mim
para me deixar como qualquer outra menina quando ele
  terminar.

Mas isso é mentira.

Mesmo assim, não questiono
e não pergunto
por que ele decidiu deixar as partes originais com Tippi,
porque é um fato
inevitável
e inegável
que, de nós duas,
minhas chances de sair
viva do centro cirúrgico

são
muito,
muito
menores.

Morte

Como será que é a morte?
Será como dormir?
Ou um sonho escuro e silencioso?

Talvez seja até bom
se for
só o nada.

Mas sei que estou só tentando me enganar.

Deve ser muito pior que isso, caso contrário
as pessoas não
tentariam tanto
evitá-la.

Talvez a morte seja branca e

intensa.

Talvez seja uma insônia,

uma consciência pura –

uma realidade ensurdecedora
realmente
insuportável.

Mas ninguém jamais vai saber
como é
antes de acontecer.

Só o que sei agora é que
para mim parece
um caixão com alças de bronze
baixado
no chão,

e
não tenho vontade alguma
de
entrar em
um desses.

Um experimento

Jon nos visita no hospital
sem Yasmeen.
Ele põe um buquê de rosas brancas
ao lado da cama
depois sai atrás de um vaso
e de água e de um pouco de refrigerante
para revigorar as flores.
"Você e Yasmeen brigaram?", pergunta Tippi.

"Eu e Yasmeen? Não. Ela está em um casamento", ele explica.
"E eu não quis esperar.
Queria ver vocês."

Ele fica várias horas e quando vai embora
abraça nós duas
e me beija rapidamente
– não com toda sua
        boca de melancia –,
só com os lábios,
pressionados quase castamente
contra os meus.

Quando ele vai embora Tippi pergunta:
"O que isso significa? Vocês dois são um casal agora?".

Eu encolho os ombros.
"Acho que não."

"Talvez vocês sejam um experimento", ela diz.
"Por outro lado, qual relacionamento não é?"

"Isso foi você tentando ser legal?", pergunto,
cutucando-a de leve.

Ela sorri. "Vai pro inferno!"

Sonho

Com ele.
Sonho conosco,
unidos na altura do peito,
pelo coração.

Mas onde está Tippi?

Não consigo vê-la
        quando a procuro
e não a escuto quando
        a chamo.

Ele diz:
        "Você tem a mim",

mas quando acordo

gritando

suando

chorando

sei que
ele

não
basta.

Subindo

Nossa família dá uma festa de "boa sorte"
e todo mundo finge que não é uma festa de
despedida.

Todo mundo vem.

Primos que só tínhamos visto quando bebês,
médicos que nos trataram a vida toda,
e até a sra. James, da Hornbeacon, que
avisa que não vamos ter
tratamento especial quando voltarmos à escola.
"Vocês vão precisar passar de ano
como todo mundo", ela diz.
Está tentando ser gentil, mas
é uma coisa bem idiota de se dizer;
se sobrevivermos,
não vamos ser capazes de andar,
e um tratamento especial vai ser
exatamente do que vamos precisar.

Yasmeen e Jon ligam a música tão alto
que uma enfermeira com um termômetro aparece para
pedir mais silêncio, porque estamos incomodando os
outros pacientes.

Quando todo mundo vai embora,
Yasmeen bate nas laterais do nosso corpo
como se estivesse procurando moedas nos nossos bolsos.
"A gente se vê, babacas", ela diz
e vai embora,
incapaz de falar qualquer outra coisa.

Jon abraça nós duas e
apoia a cabeça no meu ombro.
"Sempre foi complicado, sabe."
Permiti que meu coração dispare uma última vez por ele
antes
de me afastar
        "Hoje não", digo.

Caroline pede a Paul para tirar uma foto
nossa,
com o rosto entre os nossos
e o queixo sujo de bolo de chocolate.
Ela diz "xis" por uns três segundos e
usa a foto como papel de parede do celular.
"Eu volto logo para as entrevistas pós-cirurgia, certo?",
ela avisa.
Ela aperta nossos joelhos.
"Vocês são uma graça."

A música é desligada.

A comida é retirada.

Vovó liga a TV
e mamãe e papai vão até uma sala assinar mais
papéis.
"Não completei minha lista de desejos", digo em voz alta,
e Dragon aproxima sua cadeira.
"Lista de desejos?", ela questiona.

Engulo em seco. "Uma lista de coisas para fazer antes de
    morrer",
explico.

Dragon se encolhe e arregala os olhos,
tentando segurar as lágrimas.

"Grace nunca subiu em uma árvore", Tippi conta.

"Bom, vamos fazer isso agora", Dragon responde.
Ela nos entrega as muletas.

Uma enfermeira nos barra perto do elevador.
"Algum problema?", ela pergunta,
me segurando pelo cotovelo.

"Precisamos tomar um ar", respondo.

A enfermeira sacode a cabeça.
"Não, não. Isso não é uma boa ideia."

"Mas ela vai passar mal", argumenta Tippi.
"Pelo menos arrume uma cadeira de rodas."

A enfermeira olha para o corredor vazio.

"Certo.
Fiquem aqui.
Vou buscar uma
e já volto."

"Certo", responde Tippi
e, quando a enfermeira some das vistas,
entramos no elevador,
vamos
para
o térreo
e atravessamos o estacionamento
em
busca de árvores.

"Ali!", diz Dragon,
apontando para um carvalho do outro lado da rua
com galhos esparramados como um polvo gigante fazendo
  ioga.

Esperamos uma brecha
no trânsito
e atravessamos.
Dragon faz pezinhos para subirmos na árvore
e nos empurra
com todas as forças
para o galho mais baixo, onde ficamos por um segundo
para recobrar o fôlego
antes de subirmos mais,
para o segundo andar de galhos.

O trânsito encobre os sons
das criaturas noturnas.

As luzes da cidade escondem as estrelas.

"Não importa o que aconteça amanhã.
Chegamos mais longe
do que qualquer um esperava",
diz Tippi,
deixando a perna pendurada balançar sobre o vazio.
E eu sei que ela não está falando sobre subir
nesta árvore.
"Estou quase feliz.
Você não?"

Um trator passa pela alça de acesso secundária.

O ar está gelado.

"Estou feliz", respondo.
"Mas com muito medo.
E se eu acordar e você não estiver lá?
Não quero acordar sem você."

Caminhões de bombeiros se aproximam
com as sirenes ligadas.
Quando chegam mais perto
      o trânsito fica mais lento e
         se abre para permitir a passagem
         daquela cavalaria desesperada.

"Vocês não vão voltar?", Dragon grita.

"Vamos?", pergunto a Tippi.

"Claro que vamos voltar", ela diz.
"Vamos voltar juntas."

Nada pela boca

Tippi pede água para a enfermeira e ouve um não –
"Isso pode interferir no trabalho dos
anestesistas",
explica a enfermeira.
"Mas eu posso pegar umas lascas de gelo."

Tippi joga as mãos para o alto.
"Não acredito que não ofereceram uma última refeição",
ela comenta,
apesar de termos enchido a barriga

de bolo e biscoitos
a tarde toda.

Vovó puxa a orelha de Tippi.
"Última refeição é para os condenados à morte.
Vocês vão ficar *bem*."

Tippi não menciona as estatísticas,
mas devolve o beliscão e diz:
"Se eu tivesse a sua idade, faria minha última refeição
todas as noites."

Papai cai na risada e dá um cutucão brincalhão em vovó.
Ela mostra a língua.
"Vou viver mais do que vocês todos", ela diz.

O quarto inteiro fica em silêncio.

É a última coisa que vovó diz antes
de sair aos prantos.

A humanidade não suporta tanta realidade

"Eu não vou vir para o hospital amanhã de manhã",
Dragon avisa antes de ir embora.
Ela se apoia nos calcanhares
e morde o lábio.
"Acho que vou passar o dia na academia.

Tenho apresentação em uma semana, e meus giros estão
   frouxos.
Espero que não se importem.
Espero que não pensem que…"

"Claro que não, Dragon", dizemos juntas.
Nós entendemos que ela queira se distrair.
E não precisamos que ela passe vinte e quatro horas
olhando para a máquina de doces,
esperando que a porta do centro cirúrgico se abra
e que o dr. Derrick apareça com a notícia
estampada nos olhos.

"Mas vou estar pensando em vocês.
Quero que vocês saibam…"
Ela se interrompe, abraça a si mesma e olha para nós.

      Para Tippi e para mim.

      Para Tippi e para mim.

"Quero que vocês saibam…",
ela tenta de novo,
mas não consegue terminar.
Sua voz fica embargada
e as lágrimas caem.

"Eu sei o que você quer dizer", consigo explicar.
"E não precisa dizer."

Ela nos beija no rosto e,
respirando fundo,
se vira às pressas
e sai correndo do quarto.

Alerta vermelho

A enfermeira da noite,
uma mulher gorda de cinquenta e poucos anos com
cabelos grisalhos e curtos
e um discreto bigode,
vem ao nosso quarto
        com um frasco pequeno do que parece ser
        esmalte vermelho.
"Me pediram para pintar as unhas de Grace",
ela explica.
"Os médicos querem saber
quem está com problema no coração."
Ela tenta sorrir,
mas desiste antes mesmo que seus lábios
se curvem
totalmente.

"Eu faço isso", se oferece Tippi,
e pega o esmalte da enfermeira,
que não vai embora até que ela
termine.

"Obrigada", digo a Tippi,
que está soprando minhas unhas
como sempre faz,
e
penso comigo mesma
que isso faz todo o sentido –
que os médicos deveriam *mesmo* se assegurar
de que nenhum erro vai ser cometido amanhã.
Mas não consigo deixar de pensar que
o esmalte vermelho é para avisar aos médicos

não só sobre qual coração operar,
mas também para
saberem em qual vida se concentrar
se for preciso escolher.

Antes de dormir

Solto a corrente com o pingente do
pescoço
e ponho sobre o criado-mudo
antes de apagar a luz.

Não quero mais usá-lo.

Não preciso.

A sorte é uma mentira.

A noite toda

A noite toda Tippi e eu ficamos
abraçadas uma à outra como se
estivéssemos amarradas.
Enterro o rosto em seu pescoço,
e ela acorda de tempos em tempos
para beijar minha cabeça.
Quando os pássaros começam a cantar

e o céu fica alaranjado,
ficamos deitadas olhando uma para a outra,
com os olhos cansados demais para chorar.
Tippi roça seu nariz no meu.
"Vai ficar tudo bem", ela diz.
"E, mesmo se não ficar, na verdade tudo bem."

21 de janeiro

Dia da separação

Mamãe está segurando nossa mão e papai está abraçado a ela.
"Nós amamos vocês,
nós amamos vocês,
nós amamos vocês", eles dizem
e repetem sem parar
como se estivessem recitando.
Uma enfermeira os afasta
e as portas balançantes do centro cirúrgico nos envolvem.

Parece haver umas mil pessoas na sala de operação
e quando entramos ficam todos em silêncio.

O dr. Derrick toma a frente.
    "Prontas?", ele pergunta.

Somos colocadas sobre a mesa de operação
como um pedaço de carne em uma tábua.

"Mais que isso impossível", responde Tippi.

O dr. Derrick se agacha para que só nós possamos escutá-lo.
"Vou fazer meu melhor
para salvar vocês duas.
Vou me empenhar muito, muito", ele murmura.

Aperto a mão de Tippi, que vira a cabeça para o
lado
para me encarar.
"Vejo você em breve, irmã", ela diz

e me beija nos lábios
como fazia quando éramos crianças.

"Em breve", respondo.

Encostamos a cabeça uma na outra
e respiramos em silêncio.

29 de janeiro

Viro a cabeça à procura de Tippi

Ela não está lá.
Não está ao meu lado na cama,
nem está no
quarto.

Aconteceu.

Estou viva e estou
sozinha
em um lugar com
muito espaço.

Aconteceu.

Doente

Mamãe, papai e vovó estão apertando diferentes
partes do meu corpo,
se agarrando a mim como se eu pudesse
sair voando se não fizessem isso.
Dragon está de pé à beira da cama.
Seus olhos estão vermelhos,
seu rosto está exausto.
Mamãe soluça.
Papai funga.
As narinas de vovó tremem.
"Seu corpo está se dando bem com o dispositivo ventricular",

ela
conta.
"E eles puseram seu nome na lista.
Você está na lista para um coração novo, Grace."
Um sorriso contorcido.
"Mas Tippi não está tão bem.
Ela perdeu muito sangue na cirurgia
e agora
está com uma infecção.
Está bem doente.
Tipo,
muito, muito doente."

"Eu quero vê-la", digo.
"Quero ficar com ela."

Dragon assente.
"A gente sabia que você ia dizer isso."

Aguentando firme

Tippi está ligada à mesma quantidade de fios e tubos que
eu.
Está em quarentena em um quarto,
com médicos conversando baixinho pelos
cantos,
com um monitor apitando o tempo todo
ao seu lado.

A ferida enorme no meu quadril arde.
Meu estômago está apertado.
Engolir machuca minha garganta.

"Me coloquem ao lado dela", peço.

Os médicos sacodem a cabeça e
as enfermeiras baixam a cabeça porque não podem
desacatar seus superiores.

"Me deixem deitar ao lado dela", imploro.

Papai resmunga e, sem pedir permissão,
empurra minha maca o máximo possível para perto de Tippi.
"Me ajude a mover sua irmã", ele diz a Dragon,
e de repente os médicos vêm correndo
e
sou colocada com cuidado
na cama de Tippi
junto com uma bolsa
do tamanho de um laptop
que está me mantendo viva.

Meu coração dispara, e eu grito.

Mas Tippi não se move.

Sua respiração é delicada como seda
e seu rosto está tranquilo
como se aquilo fosse exatamente o que ela esperava.

Eu a abraço.

Aguento firme.

Afundando

De manhã os olhos de Tippi são como
dois tracinhos estreitos quase sem vida.
Acaricio seus lábios com a ponta dos dedos.
"Oi", ela diz
com uma voz fraquíssima,
e repete: "Oi."

Apesar da dor, pressiono meu peito contra o seu,
tentando fazer nossos corpos se fundirem.

Ela faz uma careta e sacode a cabeça.
"Estou afundando", ela diz.

"Não está, não", eu minto.

Tippi consegue dar uma risadinha,
revelando todo o seu ceticismo.
"Lembre-se do que me prometeu", ela me diz.

O que eu posso fazer?
Não tenho ideia,
então digo as palavras que gostaria de ouvir:
"Pode ir, se não tiver outro jeito".

Um dos cantos da boca de Tippi se ergue
e seus olhos se fecham.
        Seus olhos se fecham
e não voltam a se abrir.

"Pode ir", repito.
"Pode ir, pode ir."

A partida

O dr. Derrick está ao meu lado de jaleco branco,
com o estetoscópio no pescoço
como um colar de mau gosto.

Papai está ao lado dele,
com a barba grisalha por fazer.
Mamãe está na porta
escondida na sombra.

"Está me ouvindo?", o dr. Derrick pergunta.

Estou ouvindo, mas
não me movo.

Pisco os olhos, e ele volta a falar.

"Tippi se foi", ele anuncia.
"Só o que posso dizer é que lamento.
Lamento muito, muito mesmo,
mas sei que isso não basta."

"Saiam daqui", digo,
dando as costas para todo mundo e
odiando todos na mesma medida.

Tippi

Tippi? Tippi? Tippi? Tippi? Tippi? Tippi? Tippi?
Tippi? Tippi? Tippi? Tippi? Tippi? Tippi? Tippi?
Tippi? Tippi? Tippi? Tippi? Tippi? Tippi? Tippi?
Tippi? Tippi? Tippi? Tippi? Tippi? Tippi? Tippi?
Tippi? Tippi? Tippi? Tippi? Tippi? Tippi? Tippi?
Tippi? Tippi? Tippi? Tippi? Tippi? Tippi? Tippi?
Tippi? Tippi? Tippi? Tippi? Tippi? Tippi? Tippi?
Tippi? Tippi? Tippi? Tippi? Tippi? Tippi? Tippi?
Tippi? Tippi? Tippi? Tippi? Tippi? Tippi? Tippi?
Tippi? Tippi? Tippi? Tippi? Tippi? Tippi? Tippi?
Tippi? Tippi? Tippi? Tippi? Tippi? Tippi? Tippi?
Tippi.

Eu sofro

Eu grito e choro alto.
Sofro pela minha irmã.
"Tippi", murmuro na escuridão.

Eu grito e choro alto.
Sofro pela minha irmã.
"Tippi!", imploro na escuridão.

Eu grito e choro alto.
Sofro pela minha irmã.
Eu grito e choro alto.
Sofro pela minha irmã.

Sofro pela minha irmã no meu sangue e nos meus ossos,
nos meus membros e nas minhas veias.
Sofro por mim mesma.
"Eu amo você", digo a ela
e sofro.

"Sinto sua falta", digo a ela
e sofro.

E esse sofrimento,
esse sofrimento
nunca vai
embora.

O coração dela

Eu o quero em mim.
Não quero que seja descartado.
Eu o quero em mim.
Para me salvar.
Para salvá-lo.
Para salvá-la.
Uma pequena parte dela.

"O coração de Tippi não estava saudável o bastante
para ser usado em um transplante", murmura a voz do
dr. Derrick.
"E, enfim, é tarde demais.
É tarde demais para isso
agora."

E eu sei que é verdade.
Mas é um grande desperdício.
Tippi sempre teve
um coração muito
forte.

Tratamento

Uma enfermeira com cabelos curtinhos está ao meu lado.
Uma luva de látex segura meu braço.

Meu corpo queima de
dentro para
fora.
Sinto um latejar nos ossos,
uma pressão atrás das costelas,
e pontadas agudas como se tivessem injetado
vidro na minha pele.

A dor é exaustiva e incessante.

É mais
do que eu poderia imaginar ser
capaz de sentir.

Solto um gemido
e a luva de látex aperta ainda mais meu braço.
"Está com dor?", a enfermeira pergunta.

"Sim", digo a ela.

Ela mexe na bolsa com uma solução transparente
pendurada ao lado da cama
como se mais uma dose de morfina fosse resolver.

"Vai melhorar em breve", ela diz.

Mas como isso pode ser verdade?
Como qualquer coisa que ela me dê pode ser capaz de
aplacar essa dor?

Vozes ao lado da cama

Ela precisa
de ar fresco.
Ela precisa
de mais remédio.
Ela precisa
ir para casa.
Ela precisa
das nossas preces.
Ela precisa
da família aqui,
dos amigos por perto.
Ela precisa
poder desabafar,
poder falar,
poder rir.
Ela precisa
de água,
de medicamentos,
de silêncio,
de tempo.

Mas eu não
preciso
de nada disso.

Eu preciso
de
Tippi.

Fevereiro

Melhora

Hoje eu comi meio biscoito salgado,
e os médicos ficaram contentes.

Anoréxica

Dragon é a primeira pessoa que aceito receber.
Está sentada à minha direita,
sem tentar preencher o vazio à minha esquerda,
e fala sobre o tempo –
sobre a neve que chegou a quase um metro
em Hoboken hoje.
E sobre o papai, que
voltou para casa
e não bebe
há semanas, pelo que ela sabe.

Os ossos de Dragon são visíveis sob a pele.
Seu rosto magro parece fantasmal.
"Você é anoréxica?", pergunto,
invadida pela certeza da resposta e irritada comigo mesma
por nunca ter tocado no assunto antes.

Ela assente. "Provavelmente."

"Isso teria deixado Tippi furiosa", respondo.
"Precisamos fazer alguma coisa a respeito."

Dragon deita a cabeça no meu travesseiro
e chora baixinho.
"Eu sinto falta dela também", ela diz.
"Todo mundo sente.
Muito, muito mesmo."

Recuperação

Digo à mamãe para não adiar o enterro,
que vou ficar meses no hospital
e não quero fazer Tippi esperar.

Em vez disso peço para Paul filmar a cerimônia
– o que ele faz –
e depois deixa um DVD prateado na minha cama
para que eu possa ver como foi.

Quando estiver mais forte, eu vou ver.

Vou ver minha
tia Annie cantando sobre um pássaro com asas grandes,
Yasmeen lendo um poema sobre
carregar o coração dos mortos no nosso,
meu pai, meus tios e Jon pondo o caixão de Tippi
em um buraco na terra
e o deixando lá dentro.

Vou fazer tudo isso.
Mas enquanto isso estou no hospital em recuperação,
curando as feridas

e esperando que os médicos arranquem meu coração
e o substituam por um que não esteja partido.

"O tempo cura muita coisa", a dra. Murphy me diz
e, apesar de não acreditar nela,
deixo o tempo passar.

Deixo o tempo passar
e
vou vivendo.

Vou vivendo na esperança
de que em breve,
muito em breve,
outro coração humano
vai ser colocado
dentro de mim.
Vou vivendo na esperança
de que o coração de um morto
vá me reviver.

Março

Falar

Caroline aparece sozinha,
sem Paul nem Shane,
só ela e a câmera,
dizendo que é cedo demais.

Talvez seja verdade, mas ela
se posiciona
na beira da cama e começa
a filmar
mesmo assim.

"Eu quero falar", digo.
"Quero pôr tudo para fora."

"Tudo bem", responde Caroline.

Viro a cabeça para a esquerda
para deixar que Tippi comece,
esquecendo que agora sou uma pessoa só.

Isso vai acontecer
pelo resto da minha vida.
Nunca vou me lembrar de que ela se foi.

"Vá em frente", diz Caroline.

E eu faço isso.

Vou em frente.

Minha história

Esta é a minha história.
É minha porque sou eu quem precisa
contá-la.
Sou eu quem ainda está aqui,
não mais à direita, mas

no centro do palco.

É uma história individual,
não dois relatos misturados e embrenhados
como os corpos de dois amantes,
como seria de se esperar.

E, de qualquer forma, Tippi sempre
foi muito boa em se fazer ouvir.

Eu me escondi do mundo por um tempão.

Sempre fui covarde.

Mas aqui está a minha história.

A história sobre como ser Duas.
A história sobre como ser Uma.

A História de Nós.

E é um epitáfio.

Um epitáfio ao amor.

Nota da autora

Embora este livro seja uma obra de ficção, a vida de Tippi e Grace, seus sentimentos sobre a condição de xifópagas, além de diversos detalhes sobre como são tratadas pelos outros, são baseados em histórias reais de gêmeos xifópagos, tanto vivos como já falecidos. Entre os livros mais úteis que consultei estão *Conjoined Twins: An Historical, Biological and Ethical Issues Encyclopedia*, de Christine Quigley, e *Very Special People*, de Frederick Drimmer, assim como vários documentários a respeito, em especial *Horizon: Conjoined Twins*, da BBC2, e *Abby and Brittany: Joined for Life*, da BBC3.

Os escritos da especialista em ética Alice Dreger sobre gêmeos xifópagos e pessoas que convivem com anomalias anatômicas também influenciaram profundamente minha visão sobre a cirurgia de separação. Como cada caso de gêmeos xifópagos tem suas particularidades, as situações hipotéticas envolvendo ciências médicas neste livro são baseadas em conversas com cardiologistas do University College de Londres, do Great Ormond Street Hospital for Children e em especial com Edward Kiely, um dos mais importantes especialistas do mundo em cirurgias em gêmeos xifópagos.

Pode parecer incrível para quem vê de fora, mas os gêmeos xifópagos não enxergam a vida como uma tragédia. Um exemplo disso são Abby e Brittany Hensel, nascidas em 1990 em Minnesota, que afirmaram nunca querer ser separadas. Abby e Brittany apareceram em vários programas de TV e documentários na esperança de que, permitindo que as pessoas conhecessem sua vida, seriam aceitas com a maior normalidade possível. Elas se formaram na faculdade, viajaram pela Europa com os amigos e hoje trabalham como professoras de ensino fundamental. Sua história é uma prova de que a separação, principalmente quando é mais arriscada para uma das partes, nem sempre é a melhor opção.

Muitos gêmeos xifópagos levam vidas plenas e felizes, e não são poucos os que se casam e têm filhos. Talvez os mais famosos gêmeos xifópagos sejam Chang e Eng Bunker (nascidos em um local que antigamente se chamava Sião, daí a expressão "gêmeos siameses"), que inclusive menciono no livro. Eles se casaram com duas irmãs americanas, dividiam seu tempo entre duas casas e tiveram vinte e um filhos. Seus descendentes ainda se reúnem regularmente até hoje para celebrar o legado dos dois.

Isso não significa que todos os gêmeos xifópagos tenham uma boa vida. A fisiologia de Tippi e Grace é livremente baseada nos corpos de Masha e Dasha Krivoshlyapova, cuja mãe foi informada de que as filhas morreram no parto, mas que na verdade foram estudadas e submetidas a procedimentos experimentais por cientistas russos por mais de vinte anos. A maioria dos gêmeos xifópagos morre depois do parto, e os sobreviventes em geral têm vida curta em virtude de anormalidades físicas – muitas vezes problemas congênitos de malformação cardíaca.

A pesquisa para este livro foi um processo doloroso. Passei muitas horas chorando enquanto lia ou via histórias de pais que perderam filhos, ou sobre irmãos que perderam seus gêmeos. Mas, no fim, escrever esta história foi uma grande honra. Foi algo de um valor imensurável para mim não só como escritora, mas também como mãe, amiga, esposa e filha, tirar esse tempo para refletir a respeito do que significa ser um indivíduo e, acima de tudo, o que significa amar de verdade outra pessoa.

Agradecimentos

Algumas pessoas merecem ser citadas. Muito mais do que este espaço permite. Mas agradeço especialmente à minha agente Julia Churchill por dar seu apoio a este projeto desde o início. Muito obrigada às minhas sensíveis e atenciosas editoras Martha Mihalick e Zöe Griffiths e a suas equipes da Greenwillow em Nova York e da Bloomsbury em Londres por serem tão brilhantes – em todas as situações.

Gostaria de registrar que me sinto em débito às seguintes pessoas e instituições pelo apoio, generosidade, gentileza, trabalho e coragem: professor Aroon Hingorani, professor Andrew Taylor, Edward Kiely, The British Library, Repforce Ireland, Combined Media, Jennifer Custer, Hélène Ferey, Chris Slegg, Emma Bradshaw, Zareena Huber, Nikki Sheehan e Ani Luca. E agradeço, é claro, aos meus amigos e à minha família, em especial Andreas, Aoife, Jimmy, à minha mãe, ao meu pai, e aos clãs de Donegal e Nova Jersey pelo amor ininterrupto – vocês são demais!

lepmeditores

www.lpm.com.br
o site que conta tudo

Impresso na Gráfica Imprensa da Fé
São Paulo, SP, Brasil
2018